Desvelos

MIRNA PINSKY

Desvelos

© Mirna Pinsky, 2023
Todos os direitos desta edição reservados à Editora Labrador.

Coordenação editorial Pamela Oliveira
Assistência editorial Leticia Oliveira, Jaqueline Corrêa
Projeto gráfico, diagramação e capa Amanda Chagas
Preparação de texto Mauricio Katayama
Revisão Iracy Borges
Imagens de capa Geradas via promp Midjouney e Firefly

Dados Internacionais de Catalogação na Publicação (CIP)
Jéssica de Oliveira Molinari - CRB-8/9852

Pinsky, Mirna
    Desvelos / Mirna Pinsky.
    São Paulo : Labrador, 2023.
    208 p.

    ISBN 978-65-5625-476-0

    1. Crônicas brasileiras I. Título

23-6151   CDD B869.3

Índice para catálogo sistemático:
1. Crônicas brasileiras

Labrador
Diretor-geral Daniel Pinsky
Rua Dr. José Elias, 520, sala 1
Alto da Lapa | 05083-030 | São Paulo | SP
contato@editoralabrador.com.br | (11) 3641-7446
editoralabrador.com.br

A reprodução de qualquer parte desta obra é ilegal e configura uma apropriação indevida dos direitos intelectuais e patrimoniais da autora. A editora não é responsável pelo conteúdo deste livro. Esta é uma obra de ficção. Qualquer semelhança com nomes, pessoas, fatos ou situações da vida real será mera coincidência

Para Ilana, Daniel e Luciana
este memorial vagando nas errâncias da imaginação.

SUMÁRIO

Aos sábados	9
No dia da feira	21
Ao entardecer	39
O piano	59
Epifania	69
Intimidade	83
Tenras sensibilidades	97
Preito a ela	119
Revelações	133
Descompasso	147
Raízes	165
Vaga alforria	177
Ladeira abaixo	197

AOS SÁBADOS

Cada vez na casa de uma e nem todos os sábados. Uma vez por mês, doze vezes ao ano, quando não suspendiam nas férias. No final das contas, cabia a cada viúva receber as outras oito ou nove, uma vez por ano.

Cada uma imprimia um estilo à reunião. Herta se esmerava em produzir pequenos objetos decorados para acompanhar os guardanapos de pano. Eu poderia chamar de porta-guardanapos, se eles realmente lembrassem pelo menos vagamente uma argola. No decorrer dos muitos anos de convivência, para não se repetir, Herta tinha superado compromissos com a consistência e poderia colocar um pavão estilizado ao lado do prato de Margarida e uma casa de joão-de-barro ao lado do de Lily, a mais idosa de todas. No mais, provavelmente serviria algum tipo de pasta, sua especialidade, cuja confecção artesanal teria começado uma semana antes do evento.

Não é que Herta curtisse tanto preparar os encontros, ou melhor, não é que necessariamente esperasse com tanta ansiedade o encontro com as amigas, a ponto de a preparação do almoço ser uma missão — como as tantas missões que escoltaram seu longo casamento de quarenta e cinco anos. É que pelos caminhos sinuosos do autoconhecimento, mesclado com a superação de velhos rancores e ressentimentos, recuperara a vontade e, principalmente, o desejo. E, em consequência, adotara com juvenil entusiasmo lúdico a alegria de não se repetir.

Herta, como as companheiras, construía sua agenda mais ou menos com os mesmos critérios. Tantas horas com companhia, tantas horas dedicadas a assuntos práticos como banco e supermercado, tantas horas de lazer. Ao longo do tempo, à medida que envelheciam, todas se davam conta de que as oportunidades de gozar de companhia iam minguando e requerendo investimento maior e maior tolerância.

Nesse sentido, Anita foi a que menos turbulências enfrentava. Ainda conservava a vivacidade dos setenta anos e se permitia chegar nas reuniões pilotando um valente Corcel. Mantinha a agilidade e a liberdade que nas outras já eram limitadas. Morava com uma filha solteira que a atualizava nas várias instâncias do cotidiano. Manobrava perfeitamente uma máquina de fotos digital e não se sentia órfã diante de um computador. O celular fazia parte de seu cotidiano. Os porteiros do condomínio não a intimidavam, nem se atrapalhava com a senha do cartão de crédito.

Comparecia diariamente à indústria de lingerie que o marido lhe deixara. Assumira a supervisão geral — tarefa um tanto vaga que pairava acima dos conceitos modernos da administração implantada pelos dois filhos homens, mas com o benefício de mantê-la ativa. Nas reuniões das viúvas tinha implantado a "hora da meditação", que compreendia o debate em torno de algum pensamento, citação ou evento que uma delas, alternadamente, se responsabilizaria por levar. A princípio acatada com entusiasmo pelas outras, a atividade acabou ficando restrita às suas contribuições. Isso não a desgostou nem desanimou e por muitos anos iluminou as companheiras com trechos de livros de autores famosos e máximas de ilustres intelectuais. Não creio que os debates tenham alcançado grandes dimensões, mas os que tive oportunidade de presenciar, quando assumi a "guarda informal" de minha tia, emprestaram um simpático ar juvenil aos encontros.

O menu era sem dúvida o item importante, embora nenhuma das nove, dez ou onze convivas (dependendo da época) fosse, nem de longe, gourmet. Havia sempre uma entrada, que algumas apresentavam com algum charme em pratos individuais — lembro, por exemplo, do abacate com maionese, que tinha um dente de erva-doce espetado no meio, simulando um barquinho — e um prato principal — geralmente algum galináceo incrementado — regado a refrigerante e um vinhozinho mequetrefe só pra constar, porque nenhuma realmente "bebia". A sobremesa era o ponto alto. Quase todas imigrantes, conduzindo sotaques acentuados, purgavam, creio eu, o banzo da vida europeia com indisfarçados apegos a doces. Assim, todas se esmeravam em encontrar receitas novas, recuperar antigas, ou conhecer as ofertas sofisticadas do comércio.

Aonde quer que fosse o encontro, a primeira conviva a chegar tocava a campainha às 12h05 e a última antes das 12h20. Nunca iam de mãos vazias: um bloquinho de anotações, um minivaso com hortênsias, geleia feita em casa, um lenço. Os mimos eram depositados na mesinha de centro e lá ficavam por dias. Dependendo da utilidade, percorriam depois vários endereços, da gaveta das meias ao cantinho da estante, despensa ou debaixo da janela. E remeteriam à lembrança da reunião, de diversas formas e intensidades.

Frida e Zelda eram irmãs e moravam juntas. Pela contabilidade tolerante das amigas, cabia-lhes promover em conjunto o almoço. Baixinhas, cabelos curtos e grisalhos, óculos arcaicos, eram bastante semelhantes na aparência, mas bem diversas na personalidade. A mais velha — Zelda — administrava com sabedoria a solitude daquele momento de vida. Já Frida, mais frágil, perdia-se nas tecituras. Para ela, os presentinhos — um só para as duas — mereciam extensas leituras interpretativas. As flores invariavelmente remetiam a congêneres europeus — que sempre perderiam em viço diante das nacionais — acionando devaneios. Os bloquinhos de anotações conduziriam a considerações bizarras sobre a qualidade da cola ou do espiral, conforme o caso. Aparentemente nenhum juízo de valor vincularia a obsequiadora a mesquinharias ou generosidades. Seriam apenas digressões para preencher um impreciso vazio. Mas Zelda, indulgente, ouviria com um sorriso e sem retrucar, intuindo a que teclas essas divagações obedeciam.

A verdade é que os ininterruptos anseios da irmã haviam semeado uma certa distância entre elas, o que Zelda encarava sem irritação ou reserva. Frida precisava de um tipo de combustível para metabolizar carências ancestrais, cujas origens e significados tinham se perdido no tempo e nem o mais freudiano dos terapeutas haveria de aplainar. A função do combustível era esticar ao máximo todas as ocorrências do despovoado cotidiano. Entre as duas, a já longa convivência diária tinha promovido ajustes indispensáveis. Quando Zelda se punha a fazer touquinhas de tricô, com o disco de vinil tocando a Sonata Kreutzer na vitrola da sala, Frida sabia que era uma espécie de hora da meditação. A irmã se transportava para uma paisagem interior sobre a qual não haveria de discorrer, mas que restauraria os pilares de um mundo organizado. Por breves períodos, recuperaria o bem-estar de navegar pelo conhecido, aquilo que tinha lógica e sentido. E Frida respeitava.

Era um ardil comum a todas as convivas do sábado o refúgio na racionalização. Com o avançar dos anos, inclinaram-se a computar como perdas as mudanças da vida. Quando os filhos conquistaram vida própria, sobrou-lhes mais tempo. Viram-se diante do tão esperado momento de "cuidar de si". Liberdade enfim de promover escolhas, dedicar-se integralmente às artes plásticas, conhecer a Tailândia, visitar a prima de Israel, adotar regimes vegetarianos, fazer várias assinaturas nas salas de concerto, visitar sistematicamente todos os museus... Só que a fantástica felicidade que tinham se prometido nos anos em que obedeceram aos inúmeros rituais de família não teve nem de longe o ardor e a intensidade que haviam antevisto. Então, frustradas, recorriam a uma reavaliação.

Teriam sonhado alto demais? Ah, seria doloroso reconhecer. Melhor acreditar que, enquanto envelheciam dentro da redoma do casamento, o mundo lá fora se transformara numa aberração ininteligível e intangível. Haviam perdido o tal "bonde da história". E o que, então, poderia servir de compensação não funcionou: não conseguiram metabolizar pequenos prazeres, como o de acordar para um novo dia sem uma lista de deveres aguardando. Ou o de não ter na segunda-feira uma pauta para a semana toda. O prazer de escolher dia e hora para ir ao supermercado, andar pelas ruas do bairro no final de uma tarde de primavera e, mais que tudo, o prazer de optar pela absoluta inércia e não sentir culpa alguma.

Estavam, enfim, todas elas mais ou menos no mesmo patamar de esperança e desapontamento. As racionalizações, no entanto, obedeciam a diferentes dinâmicas. Se a de Zelda incluía resguardo e Beethoven e a de Frida, uma errância verbal compulsiva sem compromisso com a lógica, a de minha tia passava pela organização das gavetas dos armários e uma compulsão por ridículas economias. [Era capaz de congelar uma asa de frango cozida ou deixar meia barra de chocolate por meses na geladeira. Escondia na bolsa saquinhos de sal ou de mostarda, após uma visita à hamburgueria. Colecionava cupons de promoções e nunca, jamais, compraria uma peça de roupa que não estivesse em liquidação.] Coincidiam todas na atitude zen e mais que zen — acolhedora — de encarar as singularidades das companheiras. E isso era uma das razões do clima sempre tão afável dos encontros mensais.

Depois que se acomodavam nos sofás e cadeiras em volta da mesinha de aperitivos — suco de tomate para todas, um martini doce para Lily —, trocariam notícias veiculadas nos diários, no *Jornal Nacional* e na revista comunitária que todas frequentavam, algumas mais, outras menos. Contribuições pessoais de fofocas eram bem-vindas, claro, mas se abstinham de expor opiniões e sentimentos sobre elas. Essas contribuições tinham a serventia de formar um vínculo não verbalizado, uma corrente de cumplicidade. A anfitriã, ocupada com os últimos preparativos da cozinha, se desdobraria servindo rodadas de tira-gostos que, no caso de minha tia, eram caprichadas reinvenções de receitas austríacas. Outra que se esmerava nessa parte inicial do almoço era Yoana, ex-figurinista e ex-dona de uma fábrica de confecções no Bom Retiro. Seus aperitivos eram verdadeiras esculturas, tão requintadas a ponto de o filho julgar dignas de filmar e incluir no YouTube. Yoana curvou-se então à necessidade de um computador, e submeteu-se a dois meses de árduas aulas particulares com um amigo do neto.

Quando passou a encarar com relativa segurança aquela ferramenta amedrontadora, Yoana sentiu-se leve e solta. Era muito reconfortante conseguir se comunicar de outras maneiras que não pelo velho e bom telefone, tornado incômodo com a crescente perda da audição. Navegar pela internet trouxe outra vantagem: a retomada dos idiomas que tinham sido seu orgulho quando mais jovem. Além do romeno, sua língua materna, chegara a falar perfeitamente o francês e o italiano, e não se saía mal com o alemão, o inglês e o espanhol. Pela internet, tinha acesso a infinitos sites em todos os idiomas, e dicionários de todos os matizes. Ampliou seu espectro de interesses. Além de moda e adjacências, descobriu os requintes da enologia, o que a levou a avançar sobre a arte do plantio, produção e envelhecimento do vinho. Tudo isso com a vantagem extra de agilizar suas sinapses cerebrais, segundo sugestão do renomado neurocientista em palestra que assistiu na B'nai B'rith.

O melhor de tudo, no entanto, o que realmente superava tudo, era ter descoberto um novo canal de comunicação. Recebia "visitas" de amigas felizes, desoladas ou simplesmente solitárias que traziam pequenos pedaços de história a serem compartilhados. Ressabiadas, algumas; cautelosas outras, enviariam mensagens numa linguagem rebuscada e com acentos em lugares estranhos, decorrentes do precário domínio do português escrito. Quase todas admitiam essa deficiência. Minha tia era a única nascida no Brasil e, tendo sido professora de português de escola pública, falava e escrevia com perfeição, embora pouco e sempre com timidez.

Parte do dia era, então, dedicada à internet, que Yoana sabia ser a responsável pela cura de um vício seu. Um ano após a morte do marido, uma amiga a levara a um bingo clandestino do bairro. Descobrira então o quanto a incerteza do jogo lhe restaurava a alegria de viver. Foi a perdição: de repente se sentia novamente acesa e intensa, e o tempo ganhava uma nova dimensão. Não tinha mais necessidade de esticar conversas e visitas ao shopping. Encontrara um jeito de controlar a ansiedade de não saber o que fazer consigo e com os pensamentos que só esbarravam em tédio e consternação.

Quando atravessava a porta envidraçada do imenso salão iluminado, o coração disparava. Estava verdadeiramente diante do desconhecido e um amplo leque de possibilidades se descortinava. Criara um método de combinar intuição com superstição, juntando uma pitadinha de sorte ou azar. Isso lhe permitia ler indícios do que seria a performance do dia, a começar pela forma do "capitão" de retirar o número sorteado. Se fosse com a mão direita e o funcionário usasse óculos, seria uma roubada. Mas isso poderia ser contrabalançado por um salão lotado e com parte das lâmpadas queimadas. Nesse caso se sentaria cheia de esperança ao lado de uma senhora que vestisse roupa vermelha. Prosseguiria no ritual: com a respiração oprimida, depositaria bolsa, óculos escuros e uma caneta à frente das cartelas. Passaria então a outra instância, em que as escolhas seriam feitas não a partir do racional e do razoável — implicando responsabilidade —, mas a partir de uma rede de imponderáveis, dos quais ela seria objeto e não sujeito. Essas deduções são minhas, baseadas numa confissão que, para meu absoluto espanto, ela me fez. Ela própria, duvido que enxergasse assim.

Certo dia, em que nos cruzamos na Sala São Paulo, tivemos uma longa conversa. Achei muito intrigante ter sido escolhida para confessora — até então eu mal a conhecia. Contou-me que era fascinada por jogos, a ponto de varar a noite jogando "Paciência" sozinha. E que só percebera o quanto estava envolvida e viciada no dia em que deixara todos os mil e quinhentos reais que trazia na bolsa numa mesa de bingo. Nunca contara à filha, mas o susto a fizera jurar nunca mais pisar numa casa de jogos. A internet então fora a salvação. Assim que mal e mal dominou as ferramentas, percebeu que poderia se derramar pelos espaços siderais sugados magicamente pela tela de seu computador.

Não sei se levou para os sábados a notícia de seus desvios, mas ela ali, se empenhando em servir um *coq au vin* caprichado, com os olhos cuidadosamente retocados de rímel (sombra nas pálpebras, cabelos escovados, traje irrepreensível), não deixava dúvida de que a vida tinha voltado aos trilhos.

"Trilhos" têm parentesco com "harmonia". Havia um tom de harmonia nos encontros de sábado. Custava descobrir de que seriam feitas ali as pequenas paixões — se é que as havia — que costumam cavoucar fendas entre as pessoas. Nenhuma era ou tinha sido vaidosa com a aparência. Nenhuma tinha especial atração por itens de consumo: uma linda bolsa, um sapato elegante, um relógio de marca. Nenhuma se considerava favorecida por sabedoria ou conhecimento. Nem se considerava digna de admiração. Não havia grandes confrontos entre elas. Apenas pequenos desacertos quando mencionavam comportadamente notícias de terceiros: uma poderia corrigir ligeiramente o tom crítico da enunciadora, ou apor um adendo um pouco descompassado com o relato. No entanto, mantinham um respeitoso distanciamento, feito de frases não ditas, desejos não expressos, silêncios.

Olhando adiante, não haveria grandes surpresas. Driblariam a mesmice dos dias com os confortos que cada uma fora conquistando. Internet pra uma, tricô voluntário pra outra, visitas de solidariedade a doentes terminais, a terceira. A bondosa Zelda visitaria com disciplinada constância a mais idosa do grupo, aquela que já necessitava acompanhante para comparecer aos sábados. Nos almoços, elogiariam a perícia da anfitriã, trocariam amenidades. Relembrariam Greta (que não tivera filhos e se mudara para o Sul, onde moravam dois sobrinhos), e Érica, que se fora no semestre anterior. Uma suave empatia percorreria a sala, selando vínculos. Tênues vínculos feitos de convivência e memória ancestral. Naquela mesa, agora coberta de bolos e frutas, o passado de um campo de concentração, de uma guerra que ejetou as famílias, se imiscuía sem vir propriamente à tona. Entre quase todas elas a ligação se estabelecera quando já entradas em anos — umas aos sessenta, outras aos setenta. A compreensão mútua fora sendo tecida um pouco pelas carências, mas a verdade é que era a herança comum que dava sentido aos laços. O medo e o sofrimento que cada uma vivera à sua maneira. E que todas, sem exceção, carregavam nas veias.

Quando a primeira se levantava para sair, as outras apresentavam justificativas para ir em seguida. Uma tinha entradas para o concerto, outra visitaria filha e netos. Anita, que ainda pilotava um veículo, daria carona para quatro delas. A anfitriã chamaria táxi para as outras. Carregariam consigo a sensação de trocas indefinidas, diálogos reconfortantes ainda que não verbalizados. Um suave bem-estar de terem se expressado e sido ouvidas num mesmo patamar, num mesmo diapasão. Uma ou outra, com intensidades diferentes, talvez processasse em algum circuito cerebral mais sensível as benesses desses encontros. [É uma hipótese minha. A linguagem de iguais como acalanto, era assim que os sábados soavam pra mim.]

No final era quase uma revoada. Ficariam aglomeradas no hall, aguardando com elegância a vez de entrar no elevador. Iriam todas alegres curtir o sol da tarde e a paz das ruas. Talvez intuíssem — mas será que conseguiriam verbalizar? — que, para além dos filhos e netos e até bisnetos de sangue, tinham constituído uma família bissexta e funcional. Uma família de irmãs, à qual poderiam recorrer quando os referenciais do mundo agitado escorregassem das mãos. Ou quando perdessem o domínio de parcelas cada vez maiores do cotidiano. Ou quando, aturdidas perante superlativos estranhamentos, percebessem o quanto os arredores, as alternativas e os interlocutores haviam encolhido.

NO DIA DA FEIRA

As duas poderiam ter se encontrado quando uma tinha dezesseis anos, voltava com a família a morar em São Paulo, depois de tempos em Salvador, e a outra, com vinte e cinco a mais, acabava de se casar. Poderiam ter se aproximado e se reconhecido como figurantes secundárias da mesma história.

Ou poderiam ter se encontrado quando a mais nova tinha vinte e poucos anos e fora morar com o marido professor, numa pequena cidade do interior de São Paulo. A mais velha, saindo de uma das longas batalhas contra a depressão, tinha escolhido uma Estação de Águas ao lado daquela cidade universitária para se recuperar.

Novamente as duas poderiam ter se encontrado anos mais tarde, no episódio que arrasou pra sempre a alma da família: a queda do avião em que viajava uma irmã da mais velha, com marido e um dos filhos. Na época, a família toda se uniu durante meses na casa da matriarca e todos os laços se estreitaram.

Não é que naquelas ocasiões e naqueles anos todos entre essas ocasiões as duas não tivessem um bom contato.

Certamente se falaram e mantiveram diálogos animados. Sabiam bastante uma da outra, como todos naquela família, de alguns protagonistas e inúmeros figurantes, sabiam. Mas o olho no olho, a solidariedade, a identificação se deram bem mais tarde.

Como em toda família, havia as cabeças, os ombros, a coluna vertebral, os membros superiores e uma miríade de adjacentes que se estabeleciam em configurações as mais diversas dependendo da situação. As duas eram figurantes, satélites discretos de estrelas de diversas, errantes e provisórias grandezas. Cada uma a seu modo, apenas uma voz suave com pouco direito a voto. Mas função, sim, função tinham muitas. E importantes. A mais importante delas, operacional: concretizar o que o líder, o autoproclamado dono do pedaço, em sua sábia e indiscutível visão, determinasse.

Não, "autoproclamado" não é justo. As coisas não eram e não aconteciam assim. Nunca foi uma constelação armada por uma vontade só. A "infraestrutura" desse desenho de família tinha um viés ancestral. Remontava a uma aldeia russa — a pegada mais remota que se sabe — em que a extensa família disputava as batatas do almoço — o garfo do patriarca sendo sempre o maior. As grossas barbas, a voz poderosa, a estatura — não é necessário recorrer a Darwin ou a Freud para explicar quem dava as coordenadas. A distribuição dos papéis era clara e estrita. Mandava a força física, mesmo que a operacionalização das tarefas cotidianas demandasse determinação e criatividade. Algumas gerações teriam de passar antes que determinação e criatividade valessem uma pataca.

Rita, mãe da mais velha (Bela) e avó da mais nova (Mara), tinha mais tino, ligeireza de raciocínio, brilho e elegância do que qualquer elemento masculino das imediações. Mas era, é claro, apenas uma mulher, que, com seus fartos cabelos enrolados num vistoso coque, se perdia entre os panelões da cozinha e os cuidados dos filhos em escadinha. Oito ao todo, fora os que tinham sucumbido às viroses. É fato que tinha aquele carisma da mulher faceira e segura de si, que desestabilizava a firmeza do poderoso. Ainda na Europa, Rita sabia a hora certa de designar quem iria ao mercado comprar os mantimentos, quem ajeitaria a casa e quantos *kopecks* pagariam pela manteiga. Também palpitava com desembaraço sobre a quantia de rublos que a família investiria numa nova charrete e na substituição do cavalo capenga. Embora estas não fossem responsabilidades femininas, suas opiniões não só eram apreciadas como requeridas. A "alma" de Rita, portanto, pairava majestosa sobre a vida da família.

O retrato oval na sala de visitas da casa de Bela, em que Rita exibe seu vistoso coque e um vestido acetinado ornado por um camafeu, evoca a mulher autoritária que sempre foi. Ao lado, outro quadro oval nas mesmas dimensões traz o marido careca, de bigode e cavanhaque muito negros, ar de religioso circunspecto. Rita é a mulher que passa a decidir tudo com rispidez e amargura, após a morte do marido ainda moço, tendo a filha mais velha mal entrado na adolescência. Mas, antes de se tornar a viúva mais jovem e respeitada do Bom Retiro, Rita já tinha mão pesada e nenhum talento para acariciar fraquezas.

Ainda nos tempos da aldeia russa, levantava-se antes de clarear, para soprar as brasas do fogão. A silhueta, elegante até o final da vida, teve o preço da atividade incessante. Na Europa, desdobrava-se nas tarefas domésticas e cuidados com os filhos. Arão, o marido, comprava e fazia moer o trigo no moinho em que a família tinha sociedade. Rita nunca suportava por mais de um mês a *shikse* — designação pejorativa que os patrícios davam às serviçais meio escravizadas por famílias com algum tipo de renda, na Rússia famélica do final do século XIX. A obtusidade usual das moças "atacava os nervos", Rita justificava a cada demissão. Deixava, é claro, para fazer as substituições após as festas, que requeriam toda sua energia, além da das filhas maiores.

Em Pessach, por exemplo, a casa inteira virava uma grande cozinha. Mesas improvisadas se espalhavam pelas duas salas. A *matzá* tostada e esmigalhada debaixo de um rolo de macarrão convertia-se na farinha *kasher* própria para essa festa. Iria ser misturada com uma quantidade enorme de ovos tirados do galinheiro dos fundos, por meio de fortes amassadas dos braços poderosos da dona da casa. Contaria, claro, com o auxílio dos braços mirradinhos de Anita, Bela, Alice e Renata (os garotos ficavam encarregados do tratamento das galinhas). Formariam bolas de massa que iriam descansar nas mesas enfarinhadas para depois se transformarem em *varenikes*, *beigales*, *kneidlachs*, *knishes* e servirem toda a família, além dos incontáveis agregados.

O *beigale* era o prato mais popular. Cabia a Bela e Alice fazerem o recheio: ricota amassada com um ovo e sal para metade dos "pasteizinhos". Batatas espremidas e misturadas com cebola frita e sal para a outra metade. Enquanto isso, Anita e Renata tocavam a massa: farinha de *matzá*, ovos inteiros, água morna e sal, o tanto para que a massa desse liga sem endurecer. Todas as quatro faziam rolinhos e estendiam a massa bem fininha. Depois colocavam o recheio. Para diferenciar, espalhavam o queijo nos caracóis simples e a batata nos caracóis duplos. Aí era a vez do forno a lenha, tarefa pra mãe pilotar.

As galinhas (e não frangos, galinhas mesmo) eram uma operação à parte. Marcos, Denis, Moty e Berele ficavam encarregados de caçar no cercado as penosas e levar para a cozinha. Sabiam quais pegar: sempre as mais jovens, ativas, esvoaçantes. Por isso, a folia se espalhava por quase uma hora antes de os três entrarem triunfantes segurando cada galinha de ponta-cabeça, amarrada pelos pés. O resto do ritual era desempenhado pela mãe com uma destreza de fazer inveja ao *shoichet,* abatedor de carne judeu. Alguns filhos assistiam. Bela não tinha estômago. Ia para o curral acariciar a cabra ou dar comida aos cães.

O número de animais abatidos dependia do número de agregados em cada evento. Agregados eram os avulsos, distanciados ou descartados pelos próprios parentes, aqueles que o frio de começo de primavera condenava à celebração dos santificados dias de festas em casebres sem lume ou lareira. O bom coração de um judeu observante não podia permitir essa privação, e assim as mesas de preparação dos acepipes se transformariam, na noite do *seder,* numa grande e comprida mesa de refeições. Sobre ela se estenderia uma toalha branca, sempre branca, e as meninas se encarregariam de espalhar os pratos e talheres próprios da ocasião. Os talheres e a louça do dia a dia não fariam jus à nobreza da data. A cerâmica pintada à mão, sim, aquela que a menina Bela enfeitava e queimava em forno, como uma verdadeira artista. Essa cerâmica e os talheres de prata ocupariam toda a mesa. Os talheres, nem é preciso dizer, tinham merecido uma polida caprichada nas semanas anteriores — e para isso os quatro meninos eram também convocados.

Os costumes e rituais judaicos davam as coordenadas e conformavam o grupo familiar. Não havia espaço para qualquer tipo de contestação como as que proliferaram em gerações posteriores. Não havia espaço para escolha. E nem passava pela cabeça de nenhum dos oito filhos recusar-se a cumprir sua parte na preparação da festa. Aliás, participavam todos com enorme entusiasmo, embora de corpo mole, alguns. Era uma das poucas quebras alegres de rotina. As meninas se enfeitariam com vestidos novos de festa, herdados das irmãs mais velhas; os meninos esticariam os cabelos com uma pasta gelatinosa e estufariam o peito de orgulho das camisas brancas de mangas longas. Estariam todos banhados e perfumados.

Quando Bela, agora, na penumbra da sala de visitas, sentada no sofá florido, olha os dois quadros lado a lado dentro de suas distintas molduras ovais — o pai e a mãe tão tesos —, pinceladas randômicas de momentos passados podem invadir o ambiente. O que trazem, quando convocados, é o preenchimento de um vazio, do buraco-sorvedouro que consome todas as energias dela. Aqueles períodos em que o tempo para, todos os diálogos ficam suspensos e a única cor que existe é o cinza. Às vezes ela lembra de fazer o exercício que o médico ensinou: concentrar-se numa frase qualquer, se possível sem sentido, impedindo que o pensamento viaje erraticamente. A hipótese dele é de que o encadeamento de associações desconexas tenha produzido os pensamentos torturantes. Para destrinchá-los seria necessário um aporte mínimo de lógica. Sabe-se lá por quais vielas se armaram. Inspira, expira; inspira, expira. Respira fundo e, quando bate os olhos nos dois quadros, dele saltam pessoas, cenas, um vago cheiro de alecrim, um som que lembra flauta, uma suave sensação de esperança.

Mas nem sempre é assim que acontece. Às vezes, os quadros não remontam a absolutamente nada e a parede frente ao sofá está nua. É apenas uma parede que esmaga. Esse impreciso e generalizado mal-estar remonta à adolescência, mas na penumbra da sala de visitas não é a adolescência que Bela vai buscar, não é a adolescência que vem de volta. É um quadro-negro que se desenha à frente, montado com os *pixels* de todas suas iniciativas naufragadas ao longo da vida. Tudo que falhou — e foi tanta coisa! — se amontoa num quadro só e, com uma espécie de dedo em riste, aponta-lhe o veredicto fatal: não ouse, você não conseguirá! Mas conseguir o quê? Ora, qualquer coisa: lidar com a cozinheira que não a respeita, com a filha e os enteados que desobedecem e, principalmente, com a sogra que inferniza cada segundo de seus dias. Fora, claro, o marido que paira acima de tudo com a onipotência de um deus. Ela minúscula, frágil, insignificante, invisível.

— Mamãe! Mamãe! — ela se percebe murmurando para uma parede, uma sala, uma casa sem ouvidos, e leva alguns segundos para se sentir ridícula.

Vai então até a copa, porque é quinta-feira e a campainha tocou. Às quintas, dia de feira na rua, a sobrinha Mara chega logo cedo para o cafezinho. Às oito horas, o marido ainda dorme e, santa felicidade: a rainha da cozinha também ainda não se levantou.

Enquanto a água do café ferve, as xícaras são colocadas sobre a mesa redonda, os pãezinhos, depositados na cesta de vime, o cinza do coração não é que some: esmaece. Assim, suavemente, esconde-se sob a receptiva atmosfera que toma conta da copa.

Pois Mara, várias gerações mais nova, habitando em seara muito diversa, prepara-se para as manhãs de quinta-feira com igual apego e intensidade. Além dos pãezinhos [e algumas fatias de queijo branco da peça que depois levará para casa], traz o repertório infinito de leituras que a família primeva evoca. E é nesse espaço que o diálogo prolifera.

Começam sempre com o arrazoado da semana que passou. A sogra de Bela, com seus sádicos joguinhos, criou mais uma intriga entre ela e o marido. Segundo dona Cecília — a sogra — o dinheiro gasto em comestíveis neste mês fora o triplo do que a família da filha gastava. Condenou também o serviço muito caro e malfeito do encanador que consertara o sifão da pia da cozinha. Censurou a poeira que permanecia na mesinha de centro da sala. As várias intervenções da sogra, resumidas para a sobrinha e somadas às análises, comentários e sugestões de procedimentos, ocupam quase uma hora.

As duas não imprimem qualquer tipo de humor à conversa. Até que sabem fazer isso muito bem em vários outros momentos e circunstâncias — os sobrinhos de Bela costumam louvar os comentários bem-humorados e inteligentes que acompanham as conversas com ela —, mas quando se trata de dona Cecília, ah, dona Cecília tira Bela do sério...

Só que a verdade verdadeira é que o buraco é mais embaixo. Enquanto a copa se enche do aroma perfumado do café e as xícaras tilintam ao tocarem os pires, a figura enfezada da sogra ocupa todo o espaço e as duas se concentram nos sentimentos negativos que ela provoca. Mas fica no cantinho de algum canto escondido de ambas a sensação de que não foi isso só que preencheu a semana.

Certamente não para Mara e possivelmente também não para Bela. Sim, o buraco é mais embaixo, e nem todo o amargor desfiado, nem toda a solidariedade oferecida pela sobrinha vai aplacar o vazio. Aliás, além da troca, da revigorante sensação de conseguir dar colo, Mara traz sempre uma agenda própria, sempre a mesma agenda para as quintas-feiras. Sim, porque ouvir e compartilhar, ouvir e compartilhar é a rotina que enlaça e sedimenta uma solidariedade muda. Além do mais, absorve a manhã cheia de movimentos da rua com a feira lá embaixo, onde sol, ruídos e intensidade espalham vida e acendem a inveja. É uma qualificação talvez um pouco forte para o matreiro sentimento que com frequência toma conta de Mara em várias e diversas circunstâncias.

No dia da feira tem esse percurso: Mara observa e tira conclusões. Desconfia, por exemplo, que a moça comprando alface e rúcula está centrada e feliz no vestido florido de alcinha: ela ri do comentário brega feito pelo verdureiro de rastafári ao devolver o troco. Mara desconfia que todos estão leves e soltos, arrastando os carrinhos cheios de compras, sob o sol já forte de verão. E, como Mara não está nem leve, nem solta, nem um pouquinho feliz porque tem um almoço pra fazer, roupa pra lavar e casa para arrumar (o marido não suporta a presença de estranhos, pois trabalha na sala), o que ela imagina como "a alegria geral" da feira mais embaraça do que contamina. E é disso, indiretamente, que se trata a vinda, a troca de apoio, o fortalecimento do vínculo, que a presença de Mara confirma na manhã. É sempre, no fundo, disso que se trata. Embora possam passar a manhã sem verbalizar, é o que ambas introduzirão nos interstícios das novidades. Isso estará sempre por trás do que a mesa, as xícaras e o bule presenciarão.

Um queijo branco e suculento cortado em fatias finas acompanha o café. Agora que a filha e enteados se mudaram, a sala de visitas permanecerá na penumbra, assim como os três quartos, e só a copa, com suas amplas janelas, resplandecerá na luz da manhã.

Ambas sabem que não conseguiriam conviver mais do que aquelas duas ou três horas das manhãs de quinta-feira; se tivessem de estar juntas o dia todo se sentiriam exaustas e desgastadas. Embora a troca de confidências funcione como esteio para as questões de cada uma, é também um fardo presente, concreto. Pois nenhuma das duas sabe se afastar e encarar, de uma confortável distância, as questões da outra. A sogra de Bela permanecerá irritante em Mara o resto do dia, porque acordará nela a aflição da impotência diante de personalidades intensas, das quais não sabe se desvencilhar. E Bela se impregnará da angústia de Mara de ter de manter impecável a casa e a vida, nunca contando com o auxílio de ninguém: filhos, marido, ajuda externa. Bela sabe que é refém da personagem que há trinta anos habita na área de serviço e responde por "auxiliar doméstica". Os afazeres domésticos consumiriam toda sua energia, caso tivesse de assumi-los. Herdara da mãe a autoexigência, mas não a competência e autoindulgência que acompanhavam a aflição. Uma leve camada de poeira e um objeto fora de lugar comprometem sua calma, seu equilíbrio, desbalanceiam sua vida.

Esses encontros de quinta-feira começaram quando Mara se deu conta de que a feira que fazia desde que se mudara para São Paulo era bem em frente ao edifício para onde Bela se mudara. Um belo edifício de janelas amplas e jardim na frente, muito mais confortável e moderno do que o seu pequeno prédio azulejado, cuja fachada se erguia no limite da calçada. Madrugadoras as duas, calhava bem o encontro, antes de Mara fazer as compras e Bela partir para a ginástica. Ainda mais por se dar num momento em que o resto da casa estava adormecido e nada perturbava as confidências.

Aos poucos, perceberam que podiam percorrer tudo: sentimentos condenáveis por familiares, raiva de mãe, despeito de irmã, manipulações de outra irmã, abusos de uma terceira. Misturavam as irmãs de ambas, punham todas num saco só: eram Elas. Visitavam e revisitavam situações desgastantes como a do irmão rico que se julgava coronel da família. Ao longo dos anos, as sessões de quinta-feira foram afinando as compatibilidades.

O cheiro de café ainda permanece no ar. Nos apartamentos vizinhos, os ruídos de torneira aberta e portas se fechando dão conta de que a manhã avança.

Quando Mara se formou em biologia, como primeira colocada da turma, seu caminho profissional parecia garantido. Teria uma vaga de pesquisadora na universidade e daria uma ou duas aulas por semana. O caminho estaria traçado, não tivesse se enamorado de um intelectual que recebeu um convite irrecusável para trabalhar no interior de São Paulo. Até os dias atuais Mara não digerira satisfatoriamente o sacrifício profissional. Mesmo no presente ainda se atrapalha ao examinar as alternativas. E se ele tivesse ido e ela ficado? E se os dois tivessem ficado? E se os dois tivessem ido juntos, com alguma exigência ou perspectiva profissional pra ela também? Afinal, não tinha sido ela a primeira da turma? Examina e reexamina sua própria disposição. Teria tido coragem de abrir mão do namorado? Teria tido coragem de ficar sozinha? Teria tido coragem de trocar uma família por uma carreira? A reflexão se alonga...

Agora Bela envelhecia. Com o auxílio de um psiquiatra indicado por Mara, uma cesta de remédios vigorosos, a ginástica e uma porção de truques para contornar os destemperos do humor, chegava a confidenciar para a sobrinha, nos interlocutórios das quintas-feiras, que estava sabendo lidar com as recordações e os desafios. A existência de lembranças era uma surpresa desencadeada pelo psiquiatra/psicanalista. No início ela ficara totalmente desconcertada: "Mas mamãe já morreu! Já esqueci tudo que vivi na infância e na adolescência. Mal me lembro das feições de meu pai!", contestação que levou Dr. Ramirez a reagir com a condescendência da classe: sorrindo, ajeitando-se na poltrona e provocando-a mais. Ela demorou um pouco para entender o que ele queria. Não sabia o que "olhar" nas memórias. As lembranças eram um painel sedimentado, um pacote que ela recuperava como uma coisa só, que já vinha referenciado e interpretado. Pra que serviria isso?

Demorou, mas um dia ela percebeu que o psiquiatra/psicanalista lacônico lentamente desmontava seus pequenos contos de fada tão bem embrulhados e amarradinhos, tão coerentes. Lembranças pequenas, semiperdidas em lembranças maiores e mais poderosas, eram pinçadas e iluminadas. E viravam outra coisa, como o irmão mais velho ranzinza, severo e injusto que no passado era incontestavelmente obedecido e respeitado. Ou a irmã caçula, não submetida como todos os outros, por decisão da mãe, às regras da casa e que matreiramente se valia disso nas situações de confronto. Como é que não vira essas situações com a simplicidade e clareza que o novo olhar descortinava? Entendia assim a raiva surda que sentira, mas logo bloqueara, cheia de culpa e vergonha. E ficou encantada com o que encontrou debaixo dos escombros da desconstrução. Percebeu que "dentro dela" havia outra "Bela" que na verdade não tinha muito amor e respeito por si mesma. Junto com Mara, promoveu brincadeiras com essa nova "voz" que surgira, batizada pelas duas de "a outra".

Com a grande expertise de Mara em revisitações, as quintas-feiras se tornaram um afinado passeio por corredores apinhados de fantasmas. Uma procissão de aparições que tinha início bem lá atrás. Talvez nenhuma das duas percebesse quão pleno e movimentado acabou ficando o cenário, com a presença de tanta gente repescada do passado. E quanto do silêncio obscuro e do tédio acabou substituído pelos ruídos de outros tempos.

Agora Mara também envelhecia. Os filhos tinham se casado, e a morte precoce do marido precipitara certos ajustes pessoais. Conseguira finalmente a coragem para retomar, já adiantada em anos, aquela carreira que na mocidade fora promissora. Fora alocada para um departamento que se adequava bem a seu perfil: profundo, intenso e sem necessidade de conquistar plateias. Lidaria, sim, com o público, mas de uma maneira burocrática e tranquila, que lhe permitiria plena liberdade de focar um tema sem sofrer interrupções.

A confluência entre as duas se dava, ambas sabiam, em cima da figura severa da mãe-avó Rita. De maneiras diversas, porém igualmente intensas, a senhora de coque na moldura oval da sala de visitas era presença recorrente nos acertos que faziam nas várias instâncias da vida.

Como a mãe, Bela sempre fora obsessivamente exigente com os afazeres da casa, a ponto de deixar recadinhos bordados nas capas de eletrodomésticos. "Desligue-me da tomada" estava escrito na capa do ferro elétrico. "Cubra-me sempre" podia ser lido no pano sobre a tampa do fogão. "Cuidado comigo", dizia a capa sobre o botijão de gás. Os talheres na gaveta tinham de ser colocados em posições específicas e irrepreensivelmente perfilados. O dinheiro na carteira tinha de ficar em ordem crescente, perfeitamente desdobrado e com a face do patrono voltada para a frente. Os cabides, além de forrados à mão pela própria Bela, com o mesmo tecido (o tecido variava a cada quarto), tinham de ser colocados nos armários com os ganchos na mesma posição. Sem falar da gaveta das meias, classificadas por cores, das portas dos armários perfeitamente fechadas e dos itens pendurados por ordem de comprimento. Pagara o alto preço: ter ficado prisioneira de pequenas rotinas inúteis e superpostas.

Também havia evidentes rastros de dona Rita nos pequenos e grandes medos, nas terríveis indecisões, na submissão à sogra (por mais que esperneasse, perdia uma batalha após outra), na subserviência à autoridade do marido, na ausência de prestígio com a santa que reinava sobre a cozinha. Tudo isso constituíra um escudo que aparava as urgências vindas de fora e suspendia o tempo. Isto é: ficara fechada e paralisada, fora de alcance, e não fora possível reverter o cenário em que as rédeas pulavam de suas mãos. Desistira de ser dona de si e foi por aí que as sombras entraram: por esse alto portão trancado, cheio de frestas, mantendo-a aprisionada, imobilizada, refém de uma crescente apatia.

Às quintas-feiras, na decorrência da trilha aberta pelo psicanalista, as conversas buscaram esquadrinhar as fontes. E foi então que começaram, lenta e mutuamente se apoiando, a construir novas identidades.

Bela sempre gostara de cantar. Desde pequena, às vezes acompanhada de um violão, ou marcando o ritmo com as mãos, cantarolava pela varanda da casa de aldeia. Na adolescência, já no Brasil, pelos auspícios de uma vizinha professora de canto orfeônico, chegara a participar do coral de uma sinagoga no Bom Retiro. Também era exímia em trabalhos manuais. Fizera belos objetos de cerâmica, costurara e bordara enxovais para toda a família, inclusive, claro, o seu.

Nada disso apontara para uma carreira. É verdade que, no porão do sobradinho onde morava quando solteira, tinha instalado uma máquina de costura e dali saíram vestidos, saias e calças para crianças. Mas, mesmo com a ajuda de uma amiga, não soubera escoar a pequena produção pelas lojas das redondezas.

Essas duas vertentes como que foram sugadas da vida de Bela pelas urgências que fora se colocando ainda solteira. E quais eram essas urgências? Ir ao verdureiro, organizar a casa quando os irmãos e irmãs saíam para trabalhar, mais adiante levar o sobrinho ao dentista, e outras toneladas de obrigações prosaicas de rotina que não deixam marcas, mas ocupam enorme espaço. Quando se casou, bem depois das irmãs, transferiu as obrigações de endereço e assumiu algumas outras tarefas, como a contabilidade da família, controle de contas bancárias, gastos de consumo, cuidados com filha e enteados, um pacote que herdou pela morte da irmã.

Com as quintas-feiras pós-psicanalista desvelando antigos prazeres, voltaram desejos e agrados. Assim, num piscar de olhos, a voz presa na garganta tornava a cantarolar árias de óperas, a fazer coro com canções do rádio — algumas até bem difíceis —, e ela se juntou a um pequeno grupo de conhecidos que participavam de um coral, uma vez por semana, numa escola de música.

Mara a cobria de aplausos, sentindo-se meio sócia dos avanços. Sempre discreta, não ousara comentar com terceiros — mas bem que sentia orgulho de constatar que os encontros pontuais, ocorrendo há anos, tinham promovido um empurrão e tanto. Sua autoestima crescia. Sentia ser essa a consequência maior dos encontros: um revigorante bem-estar pela mudança, pra melhor, que constatava na outra. Velha entusiasta e frequentadora de consultórios terapêuticos, já tinha revirado ao avesso boa parte de seus territórios minados mais íntimos, poucos dos quais podia compartilhar com a tia — e sempre apenas de forma suave. Perceber-se tão útil e competente para nortear os descompassos da outra foi o impulso que aguardara para conquistar prumo.

Algumas horas mais tarde o coração de Bela se aceleraria. Em seu vestido longo, negro, com apliques prateados, ela vai cruzar o palco do Teatro Municipal com os outros cento e cinquenta integrantes do coral da universidade do qual faz parte há dois anos. É a noite de gala de encerramento do ano. Na segunda peça ela dará alguns passos à frente, se destacará do grupo, para sua primeira performance como solista contralto. Poderosa. Linda.

Mara, na primeira fileira, coração batendo forte como nunca, mistura sentimentos. Foi graças a ela a ressurreição da tia na superação de seus três algozes. Aquele notável resgate da autoestima que nem desconfiava algum dia alcançar. Ainda que delicada e suave, Bela arquitetara uma incipiente autonomia, enfrentando as tantas instâncias para concretizar um desejo sem maiores significados do que ser desejo seu. Profundamente seu. Com "S" maiúsculo. Por outro lado, Mara se espanta consigo mesma. Como deixara crescer esse vínculo nascido na empatia do sofrimento compartilhado? Não era prática sua entregar-se ao desfrute de uma vitória, mesmo porque duvidava da permanência das reviravoltas. Quase não se reconhece na alegria que a invade testemunhando a outra alcançando o que ela própria não conseguira. Ou conseguira? Tão profundamente exigente consigo.

E acompanha todo o recital com os olhos marejados. Pela tia. Por si própria.

AO ENTARDECER

Nunca imaginamos — eu e meu irmão — que as luzes se apagariam tão, tão lentamente. Foram anos, duas décadas, desde o momento inicial quando, caminhando pela Quinta Avenida ao lado da jovem sobrinha-neta com o namorado psicólogo-estudante-profissional, titia Tammy tropeçou em seu salto sete e despencou na calçada. Foi a primeira traição da coluna, o primeiro aviso. Teria quanto? Sessenta e oito anos? Menos? Difícil afirmar com segurança, já que idade, com ela, fora sempre assunto melindroso.

Depois do acidente, ela, que se cuidava tanto, submeteu-se a uma batelada de sondagens — exames de sangue, de imagem, vistoria muscular e ortopédica, terapia — ao fim das quais ela se declarou definitivamente DOENTE. Havia se autodiagnosticado. Mas não se dizia acometida de uma doença específica. A doença em si era a especificidade de sua condição. E, principalmente, era sua justificativa para uma nova atitude. Revendo agora, ela tinha um nome — que não ousava pronunciar. O fantasma que desde pretéritas datas, desde sempre, rondara sua cama, e em momentos de surto instilava-lhe insônias.

EN-VE-LHE-CER — posso ver a palavra navegando pelo vasto e incrivelmente bem decorado apartamento à la Luís XIV, frente ao Central Park, sempre na penumbra e agora se abarrotando de angústias. As rugas ao redor dos olhos, a flacidez dos braços, a vasta cabeleira afinando, os seios mais caídos, as veias pulando nas costas das mãos. A luta insana e de antemão perdida frente ao espelho. A todos os espelhos do hall, sala, quartos, banheiros, projetados para devolver a bela imagem da mulher elegante que nunca acreditou na passagem do tempo. Ela negava as marcas e concomitantemente buscava, agoniada, um sinal (de quem? de quê?) de que aquilo era apenas um mau sonho e seria superado como tantos outros desagrados.

Os ossos da coluna, desafiados por décadas de saltos altíssimos em calçados bico fino, tinham pedido arrego. Os delgadíssimos saltos que garantiam tanto a elegância, quanto a vistosa presença de seu um metro e setenta — surpreendente para uma mulher nascida nas primeiras décadas do século passado. De cara ela foi se livrando da responsabilidade, culpando a genética. Pois a tia Érica, irmã mais velha do pai, não ficara entrevada, condenada ao leito, na última década de vida por conta de violenta artrose? Artrose não se produz, se herda...

Bateladas de exames de imagem e consultas a variados consultórios mais tarde, ela se curvou aos ditames da vaidade e se proclamou definitivamente comprometida para algumas atividades. Longe dela andadores, cadeira de rodas ou uma acompanhante que garantisse as caminhadas. Ela não haveria de expor aos olhos do resto da humanidade limitações tão humilhantes. Por "resto da humanidade" entenda-se todos, todos — conhecidos ou desconhecidos — os porteiros de seu edifício de luxo, os funcionários das lojas

VIP que frequentava quando não estava em Paris, as amigas, todas menos abonadas, que sempre a consideraram com olhos de inveja, e os tantos "protegidos", que sua alma tortuosa acumulara.

A doença do envelhecimento não fora o único grande trauma que a acometera nos últimos anos. O outro, algum tempo antes, a deixara muito mais desprotegida: a perda do companheiro de vinte e cinco anos, após oito de luta contra um câncer. Uma mulher sem um homem ao lado não é nada, não é ninguém — era seu mantra. Não tem identidade, não tem espaço social, não tem justificativa. É apenas um grande e estrondoso fracasso. Não me surpreenderia se o *check out* de cena de Leo, o marido, tivesse sido muito mais lastimado pelo que deixou de representar do que pelo vazio que ficou na alma. [Essas elucubrações tão cínicas me ocorreram vez por outra ao longo das curtas e regulares convivências anuais que tive com ela. E sempre tentei me livrar delas o mais rápido possível: gostar e aderir é muito mais confortável do que enxergar criticamente. Só que não consigo abrir mão de um fio de coerência nos encontros das pessoas: é meio que um vício fundador de educação].

O fato é que tia Tammy era um verdadeiro trator perante desafios, digamos, sociais. Toda ela transpiraria elegância e sedução. Mesmo nos momentos mais avassaladores da longa doença do marido, não deixou de frequentar, em manequins impecáveis, o jet set da ilha de Manhattan, conquistado com garra décadas antes, nos exigentes anos 1950, quando se mudara do Brasil.

É inegável que minha tia havia sido uma vencedora, aos nossos (algo deslumbrados) olhos juvenis — meus e de meu irmão. Por razões diversas. Pra mim, porque era linda de morrer, produzidíssima, segura de si — tudo o que eu não era. Para meu irmão, porque conquistara, como (ela e ele) entendiam que uma mulher deveria conquistar, um lugar na concorridíssima "nobreza" da cidade mais badalada do mundo: Nova York. Chegando, de mãos abanando, naquele paraíso, recorrera às artimanhas femininas — elegância e sedução — para abrir as portas das residências estreladas, depois de arrombar as portas de um coração masculino autorizado a frequentá-las. Audacioso e admirável. O que meu irmão, guardadas as devidas diferenças, também gostaria de perpetrar.

Na nossa pequena família, pela avaliação de meu irmão, havia os vencedores e os fracassados. Essa tia e o irmão mais novo de meu pai eram os vencedores. Meu pai, o fracassado (*loser*, dizia meu irmão). O estigma corria na família: meu pai não tinha ambição. E "ambição", bem entendido, era ficar invejavelmente rico e não, como ele, dedicar-se à cultura e ao conhecimento científico e se submeter a cruzar noites pesquisando química inorgânica em um laboratório qualquer de uma universidade sem destaque internacional. Aos olhos da família, meu pai percebera a "burrada" a tempo, trocando a pesquisa por um cargo na administração de uma retífica de motores, emprego muito mais seguro para garantir, sem sustos, os estudos dos dois filhos. Traumas de refugiado do nazismo...

Assim, durante nossa infância, adolescência e toda a fase adulta, minha tia lá (em Manhattan) e nós aqui (em São Paulo) trocamos afetos contaminados, como não poderiam deixar de ser, por nossas diferenças. Os dela, com relação a mim, eram francamente condescendentes. Eu não possuía nenhuma das exigências que ela faria de uma filha, se tivesse tido uma. Por isso, não me "adotou" como filha — preferiu me destinar o espaço de "sobrinha única", uma estranha no ninho, em situação de ser "civilizada". Ainda assim, minha juventude lhe merecia um certo respeito, que foi crescendo, à medida que o viço dela escorregava de seu controle.

Quando Leo morreu e ela retornou ao "mercado", participei de um encontro com um renomado, embora já idoso, cardiologista, também viúvo. Fui junto, no respeitado status de "jovem". Devia estar nos meus trinta anos. Ela me cobriu com suas roupas vaporosas e no melhor restaurante da época monopolizamos a atenção de todos, ao atravessarmos o salão em direção a nossa mesa reservada. Boa parte identificava o velho e famoso cardiologista: era no início dos transplantes e o médico frequentava a mídia com certa assiduidade. Os outros com certeza admiravam o esplendor de sua acompanhante, linda e elegantérrima apesar de ultrapassados os sessenta anos. O curioso é que o efeito que produzia já não lhe bastava, e ela lançava mão de subterfúgios. Suponho que já lhe pesasse o custo de sua aparência e sentisse mais intensa a nostalgia da juventude. Foi por isso que, na sua contabilidade social de então, estar acompanhada de alguém muito mais jovem equivalia a ter um cavalheiro ao lado. Ou quase.

Enfim, era mais ou menos essa a medida de forças ao longo de nossa temporária e regular convivência, em que fui sua hóspede anual. Uma das suítes vagas de seu enorme apartamento, dizia ela para me agradar, estava reservada para minhas visitas. O "quarto verde", onde durante alguns anos alternadamente a admirei, amei e odiei e me exasperei, com igual intensidade.

Da vida profissional ativa — era decoradora de interiores — foi se desfazendo assim que a consciência da "doença" se instalou. Encastelou-se em sua biblioteca forrada de romances em inglês, francês, alemão e português (falava perfeitamente todas essas línguas), livros de arte e decoração. Lugar de honra tinha a vistosa *Enciclopédia Britânica* dos anos 1960, à qual recorria sempre que alguém lhe contestava uma afirmação. Mas os dias ficaram longos demais e desconfio que a velha tendência de recompor o mundo com tintas imaginárias — fartíssimas na adolescência e mocidade — foi recuperada em novas bases.

Mas não convém me precipitar. Para que se entenda nosso assombro ante o tamanho do abismo que se abriu com a queda na rua, duas dezenas de anos antes, preciso delinear — ainda que em rudes pinceladas — quem era a portadora do currículo mais empolgante de toda nossa família. Pra começar, como já acenei, ela tinha tido completo sucesso em nos convencer de que vencera na cobiçada terra dos gringos, nos termos daquela moderna e evoluída civilização. Era a profissional bem-sucedida, a mulher independente, esposa invejada, de um executivo admirado, vivendo um casamento admirável, num dos pontos mais cobiçados da cidade mais cobiçada e admirada na segunda metade do século XX do mundo ocidental. Aparentemente nunca lhe pesara manter essa persona límpida e perfumada, causadora de espanto e inveja. Assim, sempre vivera para o exterior, para o "de fora", atuando, agindo, convencendo, flertando, manobrando, controlando, invadindo e todos os demais gerúndios manipuladores e interativos que se possa imaginar. A quimera se passava num castelo com sede na Quinta Avenida frente ao Central Park, dentro de um imóvel decorado com peças originais ou imitações da França século XIX, incluindo um embaçado espelho de parede inteira que potencializava a impressão de espaço aos olhos do visitante que saía do elevador. Nesse mesmo saguão, a imensa luminária descendo do teto com suas mil pedras brilhantes ofuscava e dava o tom das cenas seguintes que ocorreriam na aconchegante biblioteca-bar.

Pois foi para essa linda biblioteca-bar que ela transferiu a vida. Não algumas tardes, algumas noites, parte dos dias e finais de semana: a vida inteira mesmo. Toda manhã, após tomar o desjejum e receber todos os cuidados para reaver sua aparência invejável, instalava sua persona na cadeira de espaldar alto. Adaptara a persona às circunstâncias: a "doença" limitara a movimentação — o que uma simples bengala poderia resolver. Só que bengala, como já mencionei, era um estigma insuportável e denominar a artrose avançada como "problema de coluna" contornava perfeitamente a situação. A cadeira tinha requintes de realeza e ela fazia impressionante figura quando havia interlocutores.

Aliás, ela se empenhou em que sempre houvesse interlocutores. Muitos. De várias procedências e ambientes que frequentara. Eram quase sempre "protegidos", gente que ela atraíra pelo trabalho ou por meio de relações pessoais, geralmente "alpinistas sociais", cobertos de um leve verniz cultural e muito traquejo para conversas inúteis. Um suave Frank Sinatra ao fundo, uma luz indireta e acolhedora, as duas janelas descortinando remansos da primavera, um cenário perfeito para confraternizações. Com o bar sempre bem provido de bebidas requintadas, as reuniões de final de tarde proliferaram.

Durante o dia, aboletada na cadeira real, ela recebia os íntimos. Íntima era a amiga sueca que, não dispondo de apoio financeiro, aceitara o convite de ocupar uma das suítes do apartamento. Desconfio que, junto com a hospedagem, recebia regularmente uma pequena mesada. Essa amiga ostentava no currículo o invejável troféu de miss Suécia 1948, o que a absolvia de ser duranga e intelectualmente limitada.

Bem... não era exatamente assim. Ambas as circunstâncias serviam, sim, para lhe garantir um lugar naquele "condado" e justificar a presença constante na biblioteca. Mas, como nada é de graça, o preço que a sueca pagava pela indulgência da minha tia tinha filigranas de um ourives.

Antes de explicar isso, devo mencionar o outro "íntimo" também sempre presente nas tardes da biblioteca: o namorado. Ele tinha sido fisgado numa das iniciativas de casais amigos visando substituir o falecido. Divorciados e viúvos não eram raridade, mas, aos sessenta e tantos anos, as opções de minha tia tinham encolhido visivelmente. Realista, deixou de lado uma porção de exigências e engatou um romance com o cavalheiro que não era, sejamos honestos, exatamente um príncipe. Alguns anos mais velho, ainda bem apessoado, compensava a, digamos, falta de traquejo social e cultural aceitando com humildade as imposições da namorada. Junto com o guarda-roupas da Lord & Taylor que ela ajudou a escolher, concordou em participar de programas em que no mínimo era o estranho do ninho. Decorou algumas bem-humoradas frases de efeito com o mesmo astral que deglutia as seguidas censuras dela.

A biblioteca, então, bem fornida de uísque, vodka e tantos outros derivados que desconheço, era assim uma espécie de salão do trono, onde minha tia passou a reinar, distribuindo tarefas e qualificações e atraindo uma tribo heterodoxa que de comum tinha uma suave admiração pelo ostentatório e uma enorme expectativa pelos acenos que ela lhe dispensava. Foi essa a tortuosa contabilidade que conduziu e conduziria sempre as relações afetivas dela. Tinha funcionado tão bem no passado, imagino eu, que, agora que definitivamente se autoproclamara membro da realeza, seria exercida com as adaptações, atenuantes e exageros da nova realidade.

Passava os dias inteiros ali. Não saía mais para passeios no parque ou calçadas da Madison/Quinta Avenida porque, deus-nos-livre defrontar com algum conhecido, apoiada numa bengala! Fora de cogitação também frequentar velhos teatros, com seus acessos insuficientemente adaptados a pessoas claudicantes. Ou trafegar em cadeira de rodas pelos museus que outrora a encantavam. Cinema, então, nem pensar! Encolheu a vida cultural, resumida agora a vídeos e programas do History Channel, numa imensa tela de televisão, a cada seis meses mais moderna e panorâmica. O encolhimento definitivo se deu quando a televisão se mudou da sala de TV para o quarto, e a cama se tornou o refúgio mais constante. O horário da biblioteca passou a ser o final da tarde e noite; o quarto, as manhãs e tardes.

Estou me precipitando: ainda tinha muito chão para o tal "encolhimento". Confesso que não acompanhei todas as etapas do que o namorado, sem qualquer sutileza, chamava de "ladeira abaixo". O que, sim, me impressionava, nas duas semanas em que ela me hospedava anualmente, era a presença contínua de personagens variados que só variavam mesmo no visual. Eram sempre respeitosos, submissos, subservientes no mais das vezes. Pretendiam justificar essa atitude pela fragilidade da anfitriã. Ela tinha o direito de ser autoritária e rude. Ao namorado, por exemplo, quando surgia um impasse entre eles por alguma discussão inútil como "qual foi a data em que a Escócia se uniu à Inglaterra e fez parte da Grã-Bretanha" ou "em que ano Luís XIV se mudou pra Versalhes", ela apontava a estante da esquerda, onde ficava a *Enciclopédia Britânica*, e ordenava que ele abrisse o tomo correspondente e pesquisasse. Com a incompetência que tinha para essa tarefa, o namorado ficaria uns dez minutos sossegado, permitindo que a conversa boba fluísse para outras bobagens.

Era esse o clima que reinava na biblioteca e continuou reinando nessa primeira etapa de recolhimento em que minha tia só via a rua à noite, quando convidava (muito mais do que era convidada) alguém para um restaurante. Nesses dias, os preparativos começavam logo após o almoço, quando convocava a pessoa que a ajudava a se vestir e o cabeleireiro-maquiador. A tarde passava voando em meio aos inúmeros acertos de vestimenta, joias, arremates de manicure e maquiagem. Pontualmente às oito horas chegaria a limousine que levaria ambos (ela e o namorado) para o compromisso. Detalhe: pessoas comuns feito eu pegavam ônibus e metrô para seus programas. Pessoas mais abonadas pegavam um táxi. Ela, claro, sempre utilizou o serviço mais exclusivo de limousines.

Doze anos viveu a sueca na suíte de flores amarelas, contígua à biblioteca. Doze anos que, com bovina subserviência, acompanhou — como convidada — viagens ao exterior, e as longuíssimas tardes na biblioteca, conformando-se em permanecer dias, semanas, meses, anos na penumbra daquele cômodo, para fazer companhia à "doente". Embora da mesma idade, a sueca gozava de excelente saúde, movimentava-se com destreza e elegância, e para todos nós era uma demonstração de grande desprendimento abrir mão de se deslocar para fora daquelas grades, em nome de uma amizade, que a outra parte sequer reconhecia. A abnegação terminou um dia abruptamente. A sueca, então com seus mais de oitenta anos, simplesmente agarrou a bolsa e sumiu. Levou só a escova de dentes, deixando o mordomo da casa (sim, havia mordomo naquela época) encarregado de empacotar todos os seus pertences e despachar para um endereço que lhe enviaria mais tarde. Nunca mais apareceu, nunca mais deu notícias, embora minha tia tivesse "olheiros" por toda parte e os tivesse acionado. Não adiantou espremer e espremer o mordomo: muito leal, ele nunca lhe revelou para onde a sueca tinha se mudado e como se arranjara.

O fato é que a leoa acuada ainda era leoa, e mesmo semi-inválida dominava o entorno com as treinadas garras: comprando lealdades e conservando com ataques de nervos de "grande dama", o comando da casa. A casa e a vida foram se entupindo de ajudantes: cozinheiro/mordomo, copeiro, arrumadeira, maquiador, cabeleireiro, guarda-livros semanal, "ajudante de ordens" para compras e vestir-se, e outras especialidades disparatadas que me fogem agora. O custo desse exército não a impressionava, pois, abençoadamente para todos eles, ela começara a senilizar.

E foi nessas condições que "herdamos" nossa tia.

Uma pessoa idosa que vive a nove mil milhas de onde a gente mora é uma batata quente. Uma pessoa idosa, com o perfil da minha tia, é um plantel de batatas fumegantes. Se eu soubesse o tamanho do problema, teria me precavido. Provavelmente sem sucesso, porque a coisa foi ardilosa e lenta. No começo, pedido de um palpite ou outro. Pequenas providências como contratar consertos domésticos, fazer funcionar o aparelho DVD, conferir a conta abusada da farmácia. Mas, à medida que as limitações se ampliavam e a arrogância da leoa não encolhia, a situação se complicou.

Não haveria alguém, a uma distância mais razoável, que pudesse interferir na questão? Havia: era o filho único, sujeito, digamos, excêntrico, a quem, no entanto, compromissos de filiação não sensibilizavam. Tinha uma justificativa do capeta para se furtar a visitá-la (morava a oito quarteirões de distância), acompanhar ou sequer telefonar para ela: não lhe restava amor filial. Trazia da infância (ele tinha quase cinquenta anos) um forte ressentimento pelo que considerava o extremo egoísmo dela. Ela não fora a mãe dedicada em tempo integral que ele merecia. E, assim, sentia-se perfeitamente dispensado de qualquer ajuda ou presença, entregando-a a si mesma. Era um argumento e tanto...

De sua parte, a leoa, com a arrogância que manteve até quando chegou ao fundo do poço, nunca baixou a juba, nunca procurou o filho. Ela não! Ela nunca! Tinha sido ultrajada e de forma alguma telefonaria ou mandaria recados pelos poucos intermediários que cortejavam ambos. O cabeleireiro fora um deles: compartilhara-o com a nora. E em determinado momento optaram por confrontar o profissional e exigir que escolhesse uma das duas para não terem de ouvir notícias mútuas. Aparentemente, ele escolheu a nossa leoa, mas tenho fortes suspeitas de que entrou um jabazinho nessa decisão.

Ao longo dos anos, minha tia me inspirou sentimentos controversos, flexibilizados ao sabor de meu momento de vida. Até quase a idade adulta, como não podia deixar de ser, adotei o olhar oficial da família. Ela era a mulher que vencera em todas as frentes — no Brasil e nos Estados Unidos — usando as armas ditas femininas: beleza, perfeita aparência no se apresentar, sedução. Curvando-me ante aquele indiscutível esplendor, confinava-me na humildade de meu cabelo liso e sem corte, meu rosto sardento e sem maquiagem, os seios demasiado pequenos: o exato oposto do que me cabia ser, tendo um modelo tão exuberante na família. Essas cobranças autoimpostas tiveram um efeito avassalador sobre minha autoestima. Quanto mais eu me confrontava com os ventos bafejados de Manhattan, menos me parecia possível atingir o que descortinavam. Minha desprotegida adolescência não conhecia ainda os caminhos da racionalização. E, como eu sequer me permitia odiar aquele modelo inacessível, só conseguia lidar com a raiva de me enxergar por meio do olhar da família, desenvolvendo uma inócua autocompaixão.

Empenhei-me em amá-la e admirá-la como ela "merecia". Nesse esforço, encolhi-me e recolhi-me e acabei ainda mais confusa.

Todas essas considerações me vieram recentemente, de forma que não serviram para grande coisa, ao longo do meu percurso. Terminada a adolescência, morando fora de São Paulo, quase nunca estive presente nas visitas anuais de minha tia ao Brasil. Tinha notícias da passagem sempre muito vaporosa, com o maridão CEO, ocasião em que inúmeros eventos eram organizados para que a alta sociedade paulistana prestasse as devidas homenagens àquela que "vencera em terras de Tio Sam".

O longo tempo entre a adolescência e os dias de hoje (em que o que ficou pra trás tem muito mais quilometragem do que o que ainda me espera) eu dividiria em três fases, com respeito ao objeto desta minha história. O tempo em que eu enxergava com olhos alheios; o tempo em que os fatos da vida me obrigaram a enxergar com os meus próprios; e o tempo de hoje, em que, tendo as mãos atadas (tendo limites bem precisos), misturo os dois, evito tomar a sério meu olhar sisudo e crítico, e me distraio com estas esticadas filosofices.

Tomarei então a segunda fase, quando eu deixei de ser uma pessoa só e me tornei um cinco avos de uma entidade. [Mulheres, muito mais do que os homens, são mais sujeitas a essa consubstanciação.] Na infância e na adolescência, tudo conspira pra que a gente se configure como um indivíduo. Só que de repente — isso é no mínimo irônico — a gente joga tudo pro alto — a gente, mulher — e troca o resultado de tanto investimento por um lugar protegido, que nos torna uma parte de um impreciso todo. Estou falando de casamento e família. Toda a energia reservada para projetos individuais vê-se comprometida pela realização idealizada de um vínculo que justificará as infinitas limitações incluídas no pacote. Pelo menos foi o que aconteceu literalmente com as mulheres da minha geração. [Coisa estranha. Essa passagem se dá quando os alicerces já estão postos, mas a tinta ainda está secando, se é que a metáfora se presta.]

Assim, nesta, digamos, segunda fase, eu consegui detectar e dar valor a algo que não me prendera a atenção antes: a energia que minha tia empregara sempre, a vida toda, para conseguir viver e ser aquilo que a fazia feliz. Talvez fosse fútil e abusado, mas o que impressionava era o tanto de investimento pessoal que ela fazia na direção dessa coisa universal — e sempre tão fugidia, tão, tão provisória — que é a felicidade. Nessa busca, ela era um trator. Mais que isso: era um exército de *bulldozers* avançando sobre micros, pequenos, médios, todos os tipos de empecilhos. Ia tirando-os de letra, desqualificando-os com os mais desencontrados e inclusive contraditórios argumentos. E que não ocorresse a ninguém lhe cobrar coerência, porque ela invocaria a fúria dos justos e ai de quem não recuasse...

Meu lance foi me aproximar mais, compreender e compartilhar aquele universo, que ao fim e ao cabo alimentava toda sua fantasia. A fantasia que, roçada, tocada, atingida, realizada, a impregnaria da incomparável alegria de viver. (Foi nessa fase que estive mais próxima de meu irmão, quase "falando a mesma língua". Só discordávamos na "leitura": eu valorizava sua alegria de viver; a admiração dele era pelo sucesso social.)

Pra mim foi muito útil: reaprendi a lidar com as fantasias, coisa em que na infância eu era mestre. Em criança, as fantasias se entrosavam perfeitamente com a realidade. Funcionavam como compensação pelas "agruras" do "processo civilizatório" feito de escola tradicional, aula de balé, aula de piano, de inglês, uma roda-viva que pouco tempo me deixava pra "ser feliz", ou seja, "brincar". À noite, viajando pelas histórias dos livros que eu literalmente amava, vivi situações alegres, iluminadas, tristes, trágicas, sempre carregadas de profundas emoções. As brincadeiras — no tempo que sobrava — e as leituras noturnas construíam minha outra vida. A melhor.

Na adolescência as fantasias se converteram em sonhos. Sonhos de lidar com pinça e trancar na última gaveta do armário mais escondido. Pra se ter uma ideia, só consigo resgatar hoje ligeiras impressões borrifadas de constrangimentos. Ao mesmo tempo que sonhava com meus príncipes encantados e valentias, condenava, como absurdamente ousadas, essas viagens compensatórias. Taxava-as de tolas, absurdas e, principalmente, pretensiosas.

A partir dos vinte anos, imaginar era um arsenal de reserva, que servia um pouco como refúgio de insatisfações, um pouco como combustível de produção. Meus quadros, que começavam a se afastar do Abstrato, passaram a trazer figuras. Poucas, suaves, mas claramente FIGURAS. Uma é um lindo rosto de mulher em frente ao espelho. Vê-se a imagem no espelho e o perfil da mulher. A imagem sorri. O perfil reproduz um esgar de orgulho. Minha tia inspirou muitas outras. Mas o que quero assinalar é que nessa época e daí pra frente, até quando, anos mais tarde, caiu a ficha e vi minha tia com olhos de admiração, não tomei muito a sério, nem reservei grandes espaços no meu dia a dia às fantasias. Não permiti que se transmutassem em desejos. Ficaram silenciosas ali, no cantinho.

Foi um balde de deslumbramento perceber que as fantasias — minha realidade, na infância — podiam voltar à cena como... protagonistas. Não, isso seria exagero; melhor dizer: como informantes privilegiadas, como degraus, presenças e motor das minhas escolhas. Minha tia vivia a ideia de ser uma rainha com servos, lacaios, amigos iguais — nobres como ela — e amigos-lacaios. Em suma, uma corte variada, totalmente arcaica, que servia de montaria — feito cavalo de santo — pra consolidar sua lunática felicidade. Por que, pois, não dar rédeas à minha própria fantasia, deixar aflorar tudo que queria ser, fazer, poder, usando os mesmos embustes? Contra minha trajetória, fui me desvencilhando de padrões conservadores e ressignificando minhas tímidas conquistas. Fez um bem danado pra autoestima. Comecei a pintar várias telas ao mesmo tempo. Tive tantas ideias criativas que precisei compor lista para não esquecer alguma.

De repente, eu podia mais, eu podia o proibido, eu podia tudo. Pus-me a inverter prioridades. O que conseguiria me fazer feliz, o que era prazeroso: em primeiro lugar. Tremenda revolução. Comecei fazendo malabarismos para lembrar: o que mesmo eram desejos? Depois, muito esforço para localizar onde tinha enterrado todos eles e classificá-los. Não eram lá muitos, mas pelo menos uma meia dúzia tinha sobrevivido à fúria da plaina conciliatória, aquela voz que me aconselhava a não buscar sarna pra me coçar. Quanto menos vontades, menos decepções. A lista de tarefas obrigatórias sempre se avolumando, o jeito era anular os prazeres para ter "menos trabalho", menos ansiedade. Livrei do pó e de fungos a meia dúzia que ainda vivia soterrada. E só essa permissão que me dei já sinalizou um suave bem-estar: aleluia! Dava pra trocar o cantochão seguro por incógnitas (quem sabe?), prazenteiras!

Inexistia naquela época o termo "politicamente correto". O conceito, sim — aliás existiu desde sempre. Não é outra coisa senão os valores de cada época. E as pessoas se configuram, mal ou bem, um pouco mais ou um pouco menos, à esquerda ou à direita, a partir desses valores. Esse surto de filosofice veio acompanhando o trabalho interior que tive de fazer com meus "politicamente corretos", desarrumando-os em trouxinhas descartáveis, para franquear a entrada do bem-bom das vontades. E foi um trampo e tanto separar o que era "eterno" e insofismável do que era fruto do "processo civilizatório" patrocinado pela família.

Assim, o contrapeso dessa "titia lunática" me fez um bem danado: um lado meu dizia que "mentira não pode", mas o lado mais forte felizmente mostrava a inconsistência do argumento. Perdoei boa parte das ilusões que ela vivia, dei trela para seus conselhos megalomaníacos, e por um triz não "comprei" a história da nobreza que estaria em suas origens paternas remotas.

Meu melhor quadro dessa época foi A MOÇA DA JANELA, uma pintura impressionista-surrealista (modéstia à parte, tenho boa mão para o desenho, o que me falta sempre é sonhar) em que uma jovem novamente de perfil, olhando para fora de um quarto, é cercada de esvoaçantes ícones — personagens + objetos + páginas escritas à mão — e se volta para o que a paisagem de fora lhe traz. A paisagem de fora combina flores e precipícios, lagos serenos com criaturas monstruosas pouco abaixo da superfície.

Abria-se então a temporada de uns dez anos em que emparelhei com meu irmão (somos tão absolutamente diferentes!) e aceitei o "pacote titia" sem fazer qualquer reparo a suas incontáveis idiossincrasias. (Estamos ainda nos setenta anos dela, por aí.)

E foi com este estado de espírito (emparelhamento com meu irmão) que encarei os primeiros indícios do declínio, qualificando como "excentricidade" seus comportamentos de rainha frente às limitações. Teria sido naquele momento que ela começou a senilizar? Teria seu cérebro, bem calibrado e prodigioso para as artes e para as artes dos relacionamentos, sofrido as primeiras lesões da idade, alguns neurônios teriam deixado de se entender com os neurotransmissores e, pronto, desencadeado uma sucessão de extravagâncias?

Não me cabia refrear isso, e sei hoje que ela se deu conta de estar perdendo as rédeas da situação, pois se afastou do trabalho e em seguida fechou o escritório de decoração. Não imagino como ocupou as longas horas de suas manhãs e tardes, depois que sair de casa se tornou uma atividade apenas noturna. A inclemente luz do dia deixava evidentes demais as imperfeições da idade.

Como já mencionei, me via exposta a isso tudo apenas uma vez por ano, por dez ou quinze dias. E, se da minha parte não me esforcei muito para detectar os "ladeira abaixo" de cada ano, ela se empenhou disciplinadamente em jogar pra debaixo do tapete o que não queria compartilhar: ainda mantinha a vaidade e o orgulho de suas tantas exclusividades. Se eu tivesse me aplicado em acompanhar as mudanças, perceberia que o tempo livre promovia, à sua volta, estragos de todos os níveis. Desde a desnecessária troca de aparelhos e equipamentos quase novos, sumariamente descartados por qualquer descompasso, até a contratação de serviços dispensáveis, que o zelador do prédio poderia resolver. Mas, mais grave do que isso, os joguetes, com e entre as pessoas que crescentemente a iam rodeando, criaram um melê surreal. A tendência era todos à sua volta assumirem uma atitude hipócrita. Adotavam a identidade que o "acerto" com titia promovera, tão forte era a personalidade emanada daquela cadeira-trono, estilo francês século XIV, equipada com campainhas diferentes para cada um dos treinados serviçais.

Assim, por preguiça, pura ignorância e principalmente acomodação, eram pra mim favas contadas que esse cenário atravessaria anos e mais anos, talvez décadas, e não sofreria mais do que ajustes ínfimos. Tão intensa e controladora era sua presença semiparaplégica e autoexilada na biblioteca abafada de seu penumbroso apartamento que para mim nada se alteraria até o fim dos dias. Eu morreria, meu irmão morreria, meus filhos e netos envelheceriam, e ela se eternizaria naquela atmosfera lúgubre de cortinas semicerradas, com um Sinatra sempre cantarolando no aparelho de som portátil.

Mea-culpa, mea-culpa: não me preparei para vê-la se deteriorando em carne, osso e alma. Os dentes caindo, as faces encovando, o cabelo afinando e rareando, a visão se apagando, os dedos em garras, as unhas se quebrando, as manchas e rugas se avolumando num rosto que jamais voltara a sorrir... Por mais que minha própria natureza já tivesse avançado indícios dessas perdas, por alguma distração dos meus controles não esperava assistir essa inclemente, morosa e inexorável deterioração física. Nem muito menos presenciar o crescendo de palavras descabidas, pensamentos interrompidos, balbucios, ideias desconexas camufladas de afasias súbitas. Por ingenuidade ou falta de coragem, acreditei que a natureza lhe pouparia essa longa, lenta e interminável agonia.

Sou plateia inerte diante da inexorabilidade do tempo. É crucial que ele se perpetue: não quero, não sei dizer adeus.

Agarro-me a estas memórias buscando algum sentido no desenlace. Tomo das tintas para, como sempre, expressar minha confusão, minha perplexa mudez. Num trajeto inverso ao que a arte aconselha, caminhei do abstrato ao figurativo. Meu pincel agora delineia na cama, com cabeceira de cetim azul, um corpo em que a alma se dilui.

Atônita, rendida, percebo que, uma vez mais, ela me leva pela mão.

O PIANO

Não tem nada mais chato do que ser pilotada por instâncias externas. Um porre, quando elas enchem a vida da gente dos "ter de". Hoje estou craque em me livrar disso. Não preciso do despertador, todas as manhãs, para me obrigar a pular da cama. Não preciso da balança para disciplinar meu *spinning*, minha esteira e minhas braçadas na piscina. Não preciso de oficina literária para escrever histórias que "me chamam". Há muito, dispensei cobranças de autoridades externas. Tenho perfeitamente internalizada uma exigente persona, construída com zelo e determinação ao longo dos meus longos e experientes vinte e três anos.

Por isso, quando encontrei a foto, numa das mil caixas esquecidas por meus pais no fundo de um armário, e meu olho se enroscou naquele instrumento marrom encostado na parede de uma casa não identificada, me senti balançada: tinham me fisgado e lá ia eu novamente ser pilotada de fora. Agora eu "tinha de". Acabara de sair de uma sessão de terapia e a conjunção era provocante. Incrivelmente provocante. A peça marrom da foto me desafiava. Reconheci-a no ato, embora a cor da fotografia e o quadro na parede acima dela me fossem estranhos.

Quantos já teriam passado por aquele instrumento? Que percurso teria feito até sua chegada à nossa sala de televisão, aonde dona Paula e depois a francesa Juliete vieram me dar aulas? Antes e depois de mim, quantos teriam aberto, como eu, seu tampo marrom e brilhante, dedilhado suas teclas, perscrutado com infantil curiosidade suas entranhas de mágicos martelos de madeira e feltro, que vibravam sob as ordens de meus dedos? Quantos teriam escorregado do banquinho claudicante, que girava feito parafuso, subindo e descendo para compensar o tamanho do "artista"?

O primeiro foi meu avô. Pelo que sei, era nas tardes de sábado que, religiosamente, aboletava-se no quarto do filho e produzia concertos e sonatas de Beethoven. Beethoven era o preferido, mas nunca faltaram peças de Haydn, Bach e Chopin. Ninguém prestava muita atenção. "Ele está lá em cima", minha avó dizia ao telefone, buscando cumplicidade do outro lado da linha. E os mestres da música, na mediana performance daqueles dedos finos e brancos presentes na foto, davam alento ao cientista, que a imigração empurrara para uma vida sem grandes promessas.

O sobrado — moderno para a época — ficava numa ruazinha tranquila, travessa da Rebouças. Era uma quadra só, toda de paralelepípedos que resistiram ao tempo e aos excessos do urbanismo. Tentaram, mas não conseguiram transformar a ruela em trajeto alternativo — é estreita demais, mal dá para passar dois carros — e virou mão única. Dia desses estive por lá e só consegui localizar a casa — mudou de fachada, de cores, de gradil — porque dividia o muro da direita com a "casa dos gatos". E esta, por encrencas de herança, continuava envelhecendo idêntica, no mesmo lugar. Uma senhora que empurrava um carrinho de bebê no passeio lateral da casa me franqueou a entrada.

Por que passei por lá? Por causa da tal foto em sépia que me apareceu logo após uma sessão de terapia e acionou meu botão "existencial".

Os objetos têm alma? Estou pensando em todos os significados que lhes emprestamos. (Como entender de outra forma essa profusão de vivências, emoções, lembranças com que estufamos suas entranhas? O que é isso? Ou será tão juvenil colocar as coisas dessa maneira que daqui a pouco estarei me sentindo pra lá de ridícula?) Se não têm "alma", têm algo aparentado, que extrapola o duro material sem expressão e vida de que são feitos. O que é?

Visitei a casa de meu avô para visitar meu avô. Quem sabe ele me emprestaria os olhos para visitar as dúvidas que me põem em tropeços. Subi ao quarto, ao lado da escada, e identifiquei a parede, à esquerda, onde o piano deveria estar aprumado. A luz natural vinha da janela do outro lado do quarto, a mesma que desvendava o belo gramado dos vizinhos. A casa dos gatos. À medida que eu cruzava os ambientes onde ele tinha vivido, construía o perfil daquele homem que morrera muito antes de eu nascer. Eu me entretive, trazendo para aquele quarto tudo que tinha resgatado dele a partir das lembranças que colhi. Pra que mesmo eu fazia isso? Maluquice. De repente me vi emprestando universo, cenário e agenda ao cientista vienense que, sem falar uma palavra de português, desembarcara em Santos, fugido do nazismo.

A semana dele teria sido difícil? A filha adolescente não conseguia arranjar namorado? O filho molecote bebeu e brigou? O funcionário principal da empresa pediu demissão? O motor do fusca estava dando problema? De que mesmo ele gostava? Com quem mesmo conseguia ter diálogo? Quais eram suas veleidades? E as idiossincrasias?

Aproximei-me da janela. No terreno vizinho ainda vicejava um gramado, só que coberto de touceiras. Gato, nenhum. A casa térrea, abandonada, tinha uma porta remendada. Nada mais solitário do que uma casa às escuras, vazia, com tábuas disfarçando fendas da porta. Meu avô era uma casa escura e vazia dentro de mim — foi um rápido pensamento que me percorreu. Será? Injusto. Meu avô era uma fonte de energia, com esse trabalho que me dei de invocá-lo, indo atrás de pegadas tênues, lembranças pontuais de gente que o conheceu lá bem no passado. E que maneira sutil de trazer mais personagens para minha vida, ainda que com vínculos ligeiros e fugidios...

O velho químico solteirão, por exemplo, que viera da Áustria mais ou menos na mesma época que meu avô, assim como o casal também austríaco, todos os três cientistas, como ele. Encontrei fotos (ah, como o solteirão era feio!) e, por uma incrível coincidência, imagens de um super-8 velhésimo que um primo estava tentando transformar em vídeo. Pouco depois, vendo meu interesse nessa arqueologia familiar, vovó desencavou cartas e cartões-postais que o marido recebera deles. Foi como fiquei sabendo que Fred, Hermínia e Vagner eram uma espécie de âncora de meu avô num passado glorioso de pesquisa científica e sonhos. A Europa ficara lá atrás, com as promessas dos tempos de estudantes. Tinham sido colegas de turma, os quatro. E um transplante para um país atrasado da América do Sul não estaria no horizonte de nenhum deles, não fosse Hitler ter atravessado o caminho.

Apesar de escolhas diferentes — meu avô casou-se com uma judia brasileira, de família sem vínculos com acadêmicos e intelectuais —, mantinham encontros sociais regulares em que se amparavam mutuamente. Não devia ser mole nos anos 1950, 1960, conformarem-se com a conversinha mequetrefe dos salões paulistanos e encontros familiares. Era tudo muito conservador e primitivo para padrões europeus. Ainda mais europeus diferenciados como os quatro. Não tenho notícias de que os outros também tocassem seu pianinho aos sábados à tarde, mas certamente ouviam "A música dos mestres" na rádio e cultivavam uma discoteca de bolachas importadas de música clássica. Sem dúvida transitavam bem pela literatura mundial e na literatura brasileira provavelmente melhor do que a maioria dos nativos. Tinham sido frequentadores de museus e se apoiavam na frustração diante da pobreza de oferta do novo habitat.

Afável, cordato, compreensivo, meu avô era um solitário bem resolvido. Nunca se indispusera com vizinho algum, não reagia a respostas atravessadas e passava batido em diz que diz de familiares. Tinha um convívio ameno com a mulher e nunca se ouviu dizer que tenha levantado a mão para um filho. Conformara-se, sem queixas existenciais, em ter trocado o laboratório de pesquisas em química inorgânica por um emprego seguro numa retífica de motores onde administrava o barulho das máquinas, a sujeira dos óleos e a pequenez das pequenas almas. Para compensar, assinava várias revistas científicas em alemão e importava livros de autores europeus. Cultivava, sem culpa ou ressentimento, um mundo à parte e duvido que tenha perdido tempo com indagações filosóficas. Simplesmente era. Simples assim.

E essa imagem que construí dele foi o que me fascinou, e justificou inusitadas incursões. Como essa da casa em que ele morara quarenta anos antes. O piano, o sobrado, o quarto no andar de cima, a janela para o jardim dos gatos...

uma quantidade de tergiversações que encaixei na minha sobrecarregada rotina de arquiteta recém-formada e desempregada correndo atrás de biscates.

Teve também a visita ao amigo solteirão (o casal já havia falecido), carregando algumas fotos e cartões-postais. Fred já estava velhinho, mas conservava a memória intacta e a verve. Foi quase como estar falando com meu avô (o sotaque provavelmente idêntico), na tarde espichada que passei em seu minúsculo e sombrio apartamento. Ele, mais suas lembranças, passearam por uma Viena que já não existe — sei porque estive lá com meu pai no ano passado. Mas, à medida que o velho Fred percorria as ruas, galerias, a universidade, a catedral, tudo ficava tão vívido e intenso que me vi transportada como num filme de época. No calçadão do centro, próximo à Catedral, onde comi a melhor *sachertorte* da minha vida, o doutor Frederic Han (ph.D. em química como meu avô) fez circular veículos dos anos 1930, senhoras de chapéus emplumados, e avançou nas calçadas pequenas mesas redondas dos cafés onde se liam os jornais. E, numa dessas mesinhas, ele colocou meu avô jovem, em frente a uma xícara de café, nas manhãs de domingo, para, segundo ele, fugir da desgastante vida familiar. Quando quis saber por que a família pesava tanto, Fred explicou que, para alguém com cabeça, corpo e alma de cientista como vovô, os fervilhantes irmãos e a queixosa mãe eram invasões insuportáveis.

Contou um pouco mais sobre a família (mãe, pai semiausente, irmão e irmã mais novos cheios de sonhos de grandeza) e me transportou para a veneranda universidade (fundada em 1265!) em que foram colegas. Cruzamos salas brancas de pé-direito muito alto, visitamos laboratórios e percorremos os corredores com armários envidraçados em que se enfileiravam pastas e mais pastas — algumas centenárias — com as pesquisas dos alunos e mestres da instituição. Claro que, com minha fértil imaginação, apostava que haveria dossiês com a assinatura dele, numa daquelas pastas, imortalizando meu avô.

Contou casos curiosos da juventude, comentou amizades e namoradas, falou do desprendimento e devoção profissional do jovem pesquisador que foi premiado com o cargo de assistente, ainda cursando o quarto ano.

Como um velho álbum de família descoberto por acaso num porão, essa e outras tardes com o velho Fred povoaram meu espaço emocional com um elenco de vozes e imagens. Só me dei conta disso quanto senti atenuada aquela carência imprecisa e sem nome que me empurrara em direção ao piano e adjacências.

Outra providência que tomei, após o encontro da foto, foi percorrer o roteiro do piano, depois que desisti dele. Voltara pra casa de minha tia, onde ocupou vários cantos: o canto da sala da televisão, o canto da sala de jantar, o canto da varanda. Na varanda ficou pouco, por causa do calor que prejudicava o verniz, um tanto quanto já castigado quando chegara à minha casa. O banquinho rosqueado ganhou novo estofamento. Foi uma longa e estéril estadia: na casa da titia ninguém se propôs a dedilhá-lo. E finalmente, há um ano, mudou-se para a casa de minha prima, cujo filho de sete anos começara a se interessar por teclado. Agora vai, pensamos todos nós, torcendo para que o piano, tão cheio de reminiscências, retomasse sua vocação.

Pelo que sei, o tampo está sendo regularmente aberto e dedinhos infantis produzem ali, todas as semanas, pequenas peças. Parecido com o que aconteceu comigo aos dez anos, quando me encantei com minha habilidade em gerar melodias com as mãos, apenas decodificando sinais que nem minha invejada irmã, nem meus pais dominavam. O piano me alçava a uma condição especial: era o meu diferencial naquela tribo em que minha irmã levava imensa vantagem. Ela era mais velha, mais ligeira e, evidentemente, mais competente e sábia em todas as situações. O piano se tornou a senha para uma sensação de bem-estar, todinha montada sobre uma (ainda que provisória) autoestima. E, à medida que eu avançava no domínio do teclado, crescia minha impressão de que meus tantos medos eram improcedentes e todas as sombras seriam desbancadas. Tocar piano era uma experiência só minha, e, além das lindas melodias que estavam ao meu alcance e deleitavam os ouvintes, eu de repente me sentia bem-sucedida em alguma coisa!

Esse meu lado avançou e se desdobrou e, aos quatorze anos, já tinha lido todas as biografias dos grandes compositores clássicos e visto inumeráveis filmes que reconstituíam a vida e a época deles. E mais: nos finais de ano, me esmerava em brilhar nos recitais que mademoiselle Juliete promovia no anfiteatro de um clube. Ao lado das reais conquistas me trazendo dividendos (era recorrente alguma amiga de minha mãe louvando meu desempenho), as fantasias de um futuro como concertista me foi de grande amparo. Era mole ser uma adolescente alta e magricela, com uma irmã desabrochando sempre muitos passos à frente?

Entramos na fase dos concursos. Convencida a investir em mim, a professora, com o auxílio de um renomado pianista, seu mestre, preparou-me, junto com outro aluno também considerado promissor, para um primeiro concurso regional no interior de São Paulo. Pouco mais de um mês depois desse, enfrentamos outra prova. Foram manhãs, tarde e noites, dias e dias, treinando incansavelmente no meu pianinho, sonhando com grandes performances, grandes vitórias, plateias, aplausos... Cheguei a pensar em meu avô, na alegria que ele tinha em tocar, na paz que devia sentir quando abria o tampo do piano antevendo uma tranquila tarde de sábado. Quem sabe, onde quer que se encontrasse, estaria acompanhando minha batalha... Mais tarde ri desse pensamento. Onde estaria ele?...

Depois dos dois primeiros concursos, seguiram-se outros a cada dois ou três meses, sempre com diligentes investimentos de trabalho e esperança. Joguei pra escanteio as notas baixas em geografia, o Alfredo que não quis nada comigo, a festa da Maria Luiza P. pra qual não fui convidada e o tédio. Não percebi naquela época, mas percebo agora, o espaço privilegiado que o piano ocupou. Esta que aqui vos narra faz terapia (várias) desde antanho. Pois foi minha atual terapeuta que deu nome a essa coisa sublime que vem impregnada em situações, pessoas, coisas, lembranças vagas ou menos vagas. "Invólucro emocional subjacente" é um dos incontáveis planos de tudo com que lidamos e o fascinante é como se dá a "construção" disso na gente, pra gente, pra cada um.

O piano me pegou, no embate com a foto antiga que encontrei, porque eu vinha saindo de uma sessão quente de terapia, em que pela bilionésima vez visitei minhas "desistências". Eram as renúncias que minha mãe deplorava como "falta de persistência" e meu pai justificava com minha "sensibilidade e criatividade, e urgência de descobrir toda minha potencialidade". Naquela sessão, finalmente caiu a ficha e percebi o quanto meu perfeccionismo ditava meu trajeto. Mas, além do perfeccionismo, enxerguei no episódio-piano a presença da preguiça, da indolência falando alto, e a minha autoindulgência em camuflá-la: forças em conflito, forças contrárias se digladiando. Finalmente flagrei meu esquema, que lastimava como paralisante, de me dedicar, sempre temporariamente e sem compromisso, à pintura, à escrita em oficina literária e depois tentar duas faculdades completamente diferentes, meio que deixando ao léu a profissão em que afinal me formei.

Voltando ao simples, comum, normal e vulgar pianinho imortalizado numa foto desbotada de uma esquecida caixa de papelão. Agora ele regressava numa lembrança suave. Em vez de trazer a frustração que no final acabou sendo o abandono da minha "carreira de concertista", ele me trouxe de volta a coisa boa do sonho que alimentei, durantes os esforços do final da infância e parte da adolescência. Ele me fez reviver o alento e as emoções de mergulhar na biografia daqueles compositores maravilhosos, impregnando de melodias e fantasias tantas tardes e noites. E, também, a recordação de preencher meu mundinho de tantas outras camadas, dando cor e brilho ao cotidiano com suas pequenas rotinas: escola, cineminhas, baladinhas, fofoquinhas juvenis...

E sem atentar direito como, fiz as pazes com meus incontáveis "insucessos", que ao fim e ao cabo trouxeram tantos desdobramentos enriquecedores — bastando que eu soubesse escancarar todas as portas que cada um deles me abria e abriria. Os dedinhos do filho loirinho da minha prima produziriam agora tantas fantasias e sonhos alheios ao teclado e algum dia um moço loiro os reconheceria agradecido. E tudo em parentesco com as tardes de sábado de meu avô.

EPIFANIA

Foram chegando aos poucos, vencendo as barreiras dos seguranças — e as inúmeras barreiras que começavam perante o alto portão gradeado onde tinham de se identificar. Aí fariam a travessia dos dois portões automáticos, cruzariam os vinte metros até o portal do lobby e então se postariam em frente aos elevadores até que um deles fosse liberado. Iam sempre acompanhados por diferentes profissionais.

No apartamento, a porta dupla já estaria aberta e do hall se veria a grande sala iluminada, a varanda cheia de plantas. Tudo muito acolhedor, a começar pelo clima ameno para uma fria noite de agosto.

De forma diferente, cada um percorreu esse trajeto. De forma diferente, cada um encarou o desafio que o anfitrião, o primo E.G., propusera para esse encontro que reuniria pessoas dispersas da família. Alguns não se viam há mais de vinte anos.

Século XXI, metrópole caótica, rotinas intensas mesmo pra quem já dobrara os sessenta anos, o convite no mínimo intrigou e fez pensar. O primo mandara um e-mail coletivo, mais ou menos abrangente, tipo "Vamos nos encontrar para falar da vovó?". Não contou, claro, de onde surgira essa urgência, que soava como urgência, porque o e-mail continuava assim: "Ela foi o início de tudo nesta terra. Ela foi uma guerreira. Vamos trocar figurinhas sobre ela?".

E.G. nunca fora de sentimentalismos. Ao menos não era visto assim pelo resto da extensa e dispersa família. Embora a esposa vislumbrasse nele muita sensibilidade para além da trava, a persona que ele assumia para a plateia geral era a do craque em finanças, um surpreendente "menino de ouro". Mas vez por outra, quando espichava as tardes olhando de sua tranquila varanda o enlouquecedor mundo de fora, punha-se a cismar. Às vezes até conseguia — no que considerava verdadeira proeza — fugir para antigas esferas. Saía em busca dos admiráveis, personagens que circularam ao seu redor e que mereceriam de sua parte alguma consideração e, mais que isso: algum sentimento. Reverência era um dos dois afetos que costumava cultivar. Reverência era-lhe confortável. Permitia permanecer na redoma e mexia com o emocional. Admirar alguém era algo intenso. Podia-se dizer que gostava de quem admirava, ao contrário de outros, do próprio clã que ora ia enchendo a sala de estar de seu apartamento, que eram tomados de incômoda inveja ante a lembrança do reverenciado.

Pois foi num desses momentos de contemplação que, vasculhando seu plantel de heróis, deu de pensar na avó materna. Foi um percurso curioso. Um de seus impulsos mais frequentes, desde que se tornara "o menino de ouro", era pegar metaforicamente os desvalidos no colo. Esse "sentimento preferencial" levava-o a agir. Nem precisava ser desvalido desbragado. Podia ser apenas alguém que lhe inspirasse compaixão (outro sentimento em que navegava bem). Uma ainda que suave compaixão. Ora, a avó Rita não correspondia ao perfil. A memória que tinha dela era longínqua, terceirizada. Pouco mais do que o retrato oval austero no sítio do primo M., cada dia mais parecida com a filha caçula, que acontecia de ser sua mãe. Foi o envelhecimento da mãe que trouxe a avó à baila. A mãe era a única herdeira da fidalguia da avó. A mãe envelhecendo com tanta dignidade, no meio de um mar de envelhecimentos deprimentes e depressivos, provocava-lhe admiração. E, de quebra, remetiam-no à corajosa matriarca.

A sala, agradavelmente iluminada, ressaltava a pinacoteca de afeiçoado. Os familiares foram se acomodando e cada um que chegava, com as marcas do tempo no rosto, costas e movimentos, desencadeava lampejos de lembranças nos que já estavam ali. Tinham todos se postado em compasso de comunhão, essa acolhedora condição que permite aproximar parentes distantes. Alguns tinham engordado muito, outros perderam o resto do viço, muitos tinham a audição comprometida. Nos mais jovens, os vincos já sinalizavam etapas vencidas. Aos poucos, todos foram circulando pelos ambientes, puxando prosas que se mostraram fáceis, mesmo entre os que nunca tinham tido grande convivência, e em pouco tempo já se sentiram à vontade para as pequenas confidências de rotina.

Não era momento para fricções. Não se monta um quebra-cabeças com discordâncias e, sabendo intuitivamente disso, os diálogos evitaram tocar em polêmicas, desencavar velhas rixas. Menos, claro, o primo M., militante da esquerda saudosa, que se sentia na obrigação de revelar para "aquela penca de parentes burgueses da qual ele, claro, não fazia parte", a verdadeira versão de como a família endeusou erradamente o falecido tio M.Ka., desvirtuando toda a estrutura da família. O primo M. tinha o propósito de trazer sua versão à baila durante o encontro. Assim, foi fazendo uma prévia em *petit comité*, começando por tentar engajar um primo mais isolado, convencendo-o de que o avô do tal primo tinha sido menosprezado pelo tio. Não contava com a chegada no grupo da prima chata que "se achava" (como diria o neto dela) só porque publicara um punhado de livros infantis, que M. considerava "a porta dos fundos" de quem tivesse veleidades literárias (ele tinha). O argumento era que o tio M.Ka. só conseguira o prestígio profissional que lhe atribuíram e sua conta bancária testemunhava pelo velho e bom golpe do baú. Rejeitava a tese do *self-made-man*, o primeiro da família a chegar à faculdade — estamos falando do final dos anos 1920 — numa São Paulo provinciana e de uma comunidade judaica ainda muito primitiva.

A prima chata contestou o arcabouço argumentativo indagando de que fonte se valera para arrasar o prestígio do tio. Embora não verbalizasse, deixou no ar que desconfiava da agenda por trás da afirmação. A história era antiga: M., e o irmão mais novo, F., que também já chegara, tinham ficado órfãos na infância. Foram criados por uma irmã da mãe, recém-casada e ainda sem filhos, quando do acidente que vitimou os pais e um irmão já adolescente. As duas famílias — materna e paterna — acompanharam de perto a criação dos meninos. Por serem muito diferentes, inevitáveis conflitos se sucederam entre as famílias. E, pela vida afora, cada irmão tomou as dores de uma delas, em perene competição fraterna. M. optara por se aproximar da família do pai, muito mais descolada e alegre, mas também dada a certas e injustificadas arrogâncias. Era, portanto, defendendo as polêmicas posições da família do pai que M. tentava macular a figura do tio, que, tudo indicava, seria lembrado com alguma honra no encontro da noite.

Tinha se passado um século desde que vóRita desembarcara no Brasil com filha e marido, fugido de alistamento militar. Viviam na Rússia, que declarara guerra ao Japão. Sobreviventes dos pogroms e outras tantas carícias com que os russos brindaram os judeus ao longo dos séculos, encararam, com bravura, a mudança para tão longe, para um universo tão disparatadamente diferente, aquele futuro de incógnitas. Talvez tivessem sonhado um pouco. Avô Abrão tinha veleidades intelectuais, era, por assim dizer, o discreto erudito da aldeia. Na bagagem, além da esperança de um tempo de tranquilidade, possivelmente carregava Borochov e outros insurgentes, tesouros impressos que deslumbravam seus vinte e poucos anos de vida. Dos sonhos de vóRita só podíamos arriscar palpites. Como foi essa decisão e essa longa viagem? Por que o casal escolheu o porto de Santos como destino? Quem, se é que alguém, os acolheu? Na pauta que o primo E.G. anexara ao convite, essas e outras questões delineavam um roteiro. Supunha o anfitrião da noite que, seguindo pari passu as pegadas da mudança da família, sua instalação na pequena comunidade santista, os prováveis desconfortos dos primeiros meses e os ajustes ao longo do tempo, teríamos como recuperar naquela noite uma história que até então repousava fragmentada nas lembranças de cada um.

Desde que receberam o convite para o encontro, cada um a seu modo tinha tentado restaurar cenas, diálogos, impressões, além de fotos de álbuns largados em baús e sótãos, que testemunhassem os primeiros tempos. E até mais: alguns dos primos, bem antes da convocação, tinham viajado para a aldeia de onde saíra a família, para amparar essa curiosidade que costuma nascer quando a vida transpôs e deixou bem pra trás o portão da meia-idade, e os dias trazem estiagem e tempos mortos. Localizaram o cemitério e algumas ruínas do que fora a aldeia, visitando a pequena cidade que se formara na região. Lápides corroídas e malcuidadas, com cerca de arame em volta e cadeado no portão, pouco elucidaram sobre familiares diretos. Talvez esses também teriam tentado outras terras, sabe-se lá.

A grande esperança, na noite do encontro, era destravar reminiscências nas duas primas mais idosas, uma delas dedicada profissionalmente a investigar o passado. Essa fora a primeira a chegar, amparada pelo filho e por uma bengala. Acomodada no sofá, M.L. acompanhou sorridente a entrada logo a seguir de casais e avulsos que foram enchendo o ambiente de aconchegos. Ao longo dos anos, a maior parte dos álbuns amarelados de fotos em branco e preto da família havia ido parar em seus acolhedores braços, para serem submetidos a leituras barthianas. Toda a vida da família finalmente estabelecida em São Paulo, depois das idas e vindas da Rússia, tinha lampejos de registros naqueles volumes cuidadosamente empilhados no armário. Mas o domínio de M.L. sobre o tema da noite não se restringia às imagens arquivadas. Muito sensível, perceptiva e com a memória intacta, ela sabia que sabia mais do que todos ali. (As camadas de passado afetam individualmente as pessoas e também é profundamente pessoal o peso de cada esfera de vivências.) M.L. tinha um forte apego aos alicerces da infância, e nessa época vóRita reinava altaneira sobre os descendentes. Assim, suas infinitas revisitas ao período acrescentaram análises e avaliações aos registros da memória.

Numa prévia, alguns anos antes do encontro de agosto, M.L. se mostrara um tanto quanto reticente ao lidar com memórias da avó. Ao contrário dos outros ali presentes, não lhe despertara admiração alguma a firmeza daquela mulher que ficara viúva aos trinta anos com filhos pequenos, em terra estranha, cuja língua não dominava. Não vira fibra na determinação da avó: vira voluntarismo. Escolha egocêntrica, no atropelo de outras vontades. Essa avaliação talvez não merecesse crédito integral, talvez insinuasse uma agenda, um desejo sutil de espicaçar a irmã mais velha, S.E., também presente àquela prévia, e que sempre reverenciara abertamente a grandeza da avó. Uma guerrilha entre irmãs... Agora em agosto, a irmã não pudera vir — morava no Rio e não se arriscava mais a desafiar as limitações da idade, sem acompanhante.

A ausência de S.E. foi lamentada por todos. Sabiam que teria muito a acrescentar na pauta do encontro, já que durante toda a infância fora chegada à vóRita, com a proximidade que o porta contra porta favorecia. Se era impossível a presença, felizmente o registro de memórias não seria. No ano anterior, S. E. ditara as memórias de sua vida atribulada, para deixar, dizia ela, uma "sementinha", para as bisnetas ainda bem pequenas. A filha mandou o longo depoimento por e-mail.

A grande maioria já estava confortavelmente instalada na ampla sala quando a conversa oficial começou. Nada formal, apenas por uma questão de ordem, o primeiro item da pauta foi abordado: como teria sido a vida dos antecedentes, na velha Rússia, hoje Moldávia, na pequena cidade de Sokoron, que no presente já não figurava em mapas gerais. Pinceladas do velho *shtetl*, que os leitores de Bashevis Singer (alguns netos eram) iam recriando na mente, e depois colocando em "modo de comunicação", cada um no seu estilo. Meninos descalços nas vielas brincando com cavalinhos de pau. Mulheres de cabeças cobertas, longas saias rodadas, ar cansado de socar massa de pão, alimentar o fogão a lenha, encher grandes tachos de água para o banho da família. Os pios homens de barba e barrete curvados sobre o livro santo, orando fervorosamente. Luz de candeeiro alumiando cubículos atravancados. Teria sido assim? Cada conviva configurava com cores e verossimilhanças pessoais os passos desses primórdios. Tivessem de enfrentar uma tela branca para registrar as impressões, certamente congelariam, desconcertados, de enorme timidez. Ainda assim, arriscaram pequenas contribuições. Foi quase unânime a menção aos pogroms.

A prima com veleidades literárias, aquela dos livros infantis, lembrou que em algum momento houve um moinho na história da família, atestado de certa riqueza e consequente prestígio na comunidade. Pelas lembranças ouvidas da mãe, o moinho era uma espécie de entreposto que beneficiava o trigo e outros grãos, trazidos pelos produtores da região. Na verdade, o moinho seria uma azenha, instalada junto a um veio d'água, que girava a roda, a qual, por sua vez, movia os mecanismos para triturar os grãos.

Como chegaria o trigo ao moinho? Em sacos? Transportados em carroça puxada por cavalo? Viriam de longe? Quão longe? Até o final do século XVIII a vida das pessoas girava num perímetro de dez quilômetros. E, no final do século XIX, quanto a mais poderia se juntar? Estava-se tratando de aldeias rurais remotas, em que a maior parte da população da época se aglutinava. Novamente os convivas recorreriam a Chagal e às primorosas descrições de Bashevis Singer. T.B., uma das primas psicólogas, ensaiou uma leve tristeza. Onde estariam enterrados tantos sonhos, imprecisas expectativas, dessas tantas almas cuja vida terrena poucas dezenas de anos depois nem os familiares conseguiam recuperar? Nada, ou talvez um pouco menos do que nada — um samovar, uma xicrinha com pires de prata com brasão falso (estava na cara que era falso), além das fotos desbotadas — era tudo que tinha sobrado. O efeito colateral da cultura letrada fora ameaçar o legado oral. Para a geração dela, o "minha mãe contava ao pé do fogo" tinha sido substituído por esporádicos almoços aos sábados na casa de um e de outro, sempre com defasagens de boa parte dos mais jovens, tão ocupados. Além do mais, pouco do que os mais velhos tinham a relatar — no mais das vezes repetecos e mais repetecos — alcançaria os ouvidos agitados, modernos, calibrados em outros mundos.

Na infância, sim, de vez em quando, a avó levara um e outro neto para passar a noite com ela e sussurrara confidências. Na verdade, eram sempre as mesmas três histórias que apresentava como "confidência". Como o único cavalo de propriedade da família fora confiscado pelos russos para participar da guerra e um irmão dela, por amor ao animal, seguira junto para cuidar dele. A segunda era como aprendera a fazer o melhor *gefilte fish* do mundo com a vizinha, quase cega, que vivia na casa ao lado. E a terceira justificava por que preferia torcer o pescoço, sacrificando ela própria o frango que serviria no jantar, a recorrer ao açougueiro (era um período anterior ao do surgimento dos supermercados) —, pois a carne ficaria sensivelmente mais saborosa... Nada sobre as ruas de terra atoladas de lama no inverno. Nada sobre o frio inclemente açoitando as árvores desfolhadas. Nada sobre as longuíssimas noites e curtos dias, fazendo acender os lampiões. As lojas sorumbáticas de vitrines encardidas exibindo uma miscelânea de mercadorias. O funcionário magricela no balcão ao lado do caixa movido a manivela que, acionada, abria uma gavetinha. Ah, nada sobre tantas coisas... Sobre as festas judaicas — os cardápios desses encontros, as minúcias dos arranjos das mesas, a distribuição das atribuições —, os cuidados com as crianças — brinquedos, preparativos domésticos, educação formal judaica e leiga —, a hierarquia dentro de cada tribo, os acertos sociais.

Embora não tivesse vindo à baila, cada um naquela sala, a seu modo, alimentava uma curiosidade imprecisa sobre como se organizavam e se conduziam os relacionamentos: com os parentes, vizinhos de rua, conhecidos da sinagoga, os *goim* das redondezas. Quais teriam sido os códigos de conduta nas várias situações? Como se desenhavam os vínculos? As solidariedades? As invejas, ciúmes, competições? Será que os referenciais de cada um (tão diferentes entre si) dariam conta de responder corretamente a isso, fornecendo uma visão verdadeira e que fizesse sentido?

Choveram microssugestões para recuperar o "Antes". F.B., da segunda geração de sobrinhos, poucos meses antes levara às últimas instâncias a curiosidade pelo passado e naquela noite apresentou ao grupo contribuições da visita in loco. Divertido pelas peripécias burocráticas, de transporte e outras que tivera de enfrentar, o relato era um tanto decepcionante no tocante ao tema de agosto: privilegiava mais a viagem em si do que as descobertas. Nenhum registro nos livros da cidadezinha que sucedeu a aldeia; nenhuma casa que tenha sobrevivido aos tempos; sequer um jazigo com registro de algum familiar. E olha que o sobrinho se fizera acompanhar de primos distantes, descendentes dos que permaneceram na Rússia, devidamente equipados para ler em ídiche, suficientemente jovens para chegar àquele rincão, e velhos o bastante para valorizar heranças.

Passou-se então para o item dois da pauta: a viagem do casal para o Brasil, acompanhado da primeira filha. Qual teria sido a razão da mudança e por que a escolha do Brasil, um país sem qualquer prestígio para se "fazer a América" no início do século XX, rincão subdesenvolvido, patriarcal, feudal e tantos outros atrasos para alertar desconfianças. Dois dos netos lembraram claramente a justificativa da vinda: o avô fugira do serviço militar obrigatório que o colocaria na frente de batalha da Rússia com o Japão. Ano: 1905.

O destino preferencial na época seria algum país europeu tipo Inglaterra ou França e a América do Norte. Mas em ritmo de fuga não dava para enfrentar longos trâmites e circunvoluções em gabinetes estrelados via amigos de amigos de amigos. Esse raciocínio pecava por um otimismo mesclado com ingenuidade: que amigos de prestígio conseguiriam judeus aldeões manter naquela época, amigos que pudessem interferir e facilitar? Logo se deram conta de que com referenciais da modernidade não iriam muito longe e desanuviaram o engano com algumas piadinhas.

O item seguinte — quem os acolheu em São Paulo — enveredou por uma mescla de deduções lógicas com vagas oitivas de infância, em que M.L., a prima mais velha, pontificou com recordações do Bom Retiro dos anos 1940. Lembrou que, como em todos os países da banda ocidental, nos primórdios do século XX havia dois grupinhos que não se achegavam muito: o dos asquenazes (imigrantes da Europa) e o dos sefarditas (oriundos da Ásia), sendo o dos primeiros consistentemente mais amplo. Uma pequena sinagoga da Rua da Graça encarregou-se de encontrar alojamento nas redondezas para a família, e um lugar de vendedor numa empresa de tapetes para o avô. Este logo foi conquistando espaços na comunidade de imigrantes humildes, de poucas letras e limitados horizontes.

Embora não fosse rabino, o avô dominava o ídiche como poucos e tinha a sabedoria de um religioso. Somando a isso desenvoltura e vivacidade intelectual — alguns anos depois de integrado na nova terra já se comunicava bem em português —, lançou-se em um empreendimento ousado: produzir o primeiro dicionário ídiche-português/português-ídiche. Com o apoio da filha mais velha, então com dez anos e falante do português sem sotaque, combinou o trabalho de mascate com o minucioso registro de verbetes. Trabalharam a partir de velhos alfarrábios de ídiche e alemão, trazidos da Rússia, e de um incipiente conexo em português, debruçando nas horas de lazer sobre um caderno pautado. Junto com a menina foi avançando essa ideia quixotesca, que seus filhos, mais tarde, interpretariam como um misto de legado para as novas gerações e agradecimento pela acolhida desse país livre de pogroms. A bem da verdade, o neto M. já tinha uma visão menos generosa (ele próprio assumiu o termo) e qualificou o empreendimento como moeda de acesso à cúpula diretiva da comunidade, sem passar pelos procedimentos normais de antiguidade e "tempo de serviço" na nova pátria. Essa avaliação não contou com a aprovação dos primos, mas deixaram a discussão de lado.

Estabelecida a posição da família na coletividade judaica paulista, o tema seguinte da reunião de agosto seria desenhar os contornos dessa incipiente comunidade, retratando instituições, escolas, formas de vida e modos de convivência.

E por aí foi a noite dos primos, devidamente registrada em todos seus possíveis diálogos, polêmicas, comentários laterais, amuos e desconcertos pela câmera profissional de um jovem de parentesco distante.

As imagens que o cinegrafista produziria depois, e iriam compor um belo vídeo de recordação, talvez pudessem indicar em que compartimento da alma — com todas as reticências a que o verbete remete — cada conviva iria depositar as emoções do encontro. E, daí pra frente, de que forma cada um dos primos processaria as lembranças — as dos outros e as próprias recordações retomadas e revisitadas com o auxílio de luzes alheias.

Alguns dos convidados acariciaram a ideia de "botar tudo no papel". M.L., sempre apoiada na bengala, e muito mais falante do que de costume, insinuou que o evento estava lhe dando vontade de retomar contos sobre a família dos tempos do Bom Retiro. O primo F.K. prometeu escarafunchar seus milhares de apontamentos genealógicos para responder algumas das perguntas que ficaram no ar. Sem pretensões artísticas, a maioria percebeu que algum tipo de desdobramento o encontro certamente traria, mas de que estirpe, direção ou tempo não tinham como atinar.

O primo M. de cara descartou a hipótese de usar o assunto como tema da próxima novela. Tinha veleidades sociais, prezava seu engajamento marxista, nenhum consenso desafiaria sua rabugice congênita.

    Ao longo dos anos seguintes certamente todos, sobrinhos, netos, bisnetos, retomariam vez por outra, em diferentes circunstâncias e intensidades, os primórdios da família. Na moldura oval, o retrato da ancestral continuaria austero e esmaecido, só mudando, de tempos em tempos, de parede. Uma segunda reunião para preencher as lacunas dessa reunião de agosto não foi cogitada. A leveza de acariciar em comunhão o impreciso passado comum possivelmente se esgotaria naquela noite de agosto. Embora nenhum, naquele momento, suspeitasse disso.

INTIMIDADE

A resposta chegou por e-mail, embora o contato tivesse sido feito por carta. Partiu dela a iniciativa. Suave mal de coração, tênue mal de alma, na verdade com ela tudo andava malparado, naquele momento. Parecia estar mais ou menos nos conformes, mas nada ia pra frente... um tédio... Tédio de meia-idade, melhor dizendo, idade e meia porque ela já cruzara o patamar dos cinquenta há um bom tempo e o que tinha de dar certo ou errado já tinha acontecido. Agora — era o que ela sentia — seria a repetição de esquemas manjados, nenhum grande arrepio, nenhum grande êxtase. O que, na maior parte das vezes, era uma sensação confortável. Mas, em pouquíssimas ocasiões, suspirava por algo mais.

Foi então que deu de pensar nele. Não com aquele arroubo dos dezoito anos, mas com a delicadeza e a doçura da revisitação a vivências, essas que permaneceram como matéria-prima de poesia e saudade. Naqueles anos todos repassara as lembranças de variadas maneiras. Logo após o rompimento, com raiva e decepção. Ele havia recuado quando o que esperava dele era um movimento de ousadia. Omisso (foi como ela o viu), transferira responsabilidades e postergara justificativas, confiando na passagem do tempo para aplacar as feridas dela. Mais que feridas, foram decepções.

Apegou-se às decepções para construir a separação. Começou desembarcando da esperança. Crer numa aliança com ele lhe franqueara sonhos de mudanças. Mudanças imprecisas, indefinidas, mas que seriam um passe para avançar, sair da mesmice que sufocava a voraz juventude. [Não foi nessa época, claro, quando tudo era tão urgente, mas muito depois, que se deu conta dos infindáveis ritmos que o tempo tem.] Até então o diálogo com ele fora de uma espécie desconcertante: falavam a mesma língua de alma, uma experiência inusitada para seus dezessete anos de ingenuidade e pura redoma. De onde trouxera ele essa doçura de ouvir e não impor? De onde teria plugado o mesmo fascínio por filmes e tipos de música que a encantavam? Por que não sentia comprometido seu machismo quando as razões dela se mostravam mais fortes do que as dele? Espantos, muitos espantos.

Pois toda essa segurança que o laço com ele lhe trazia ruía estrondosamente diante do impasse: ou ele deixaria país e família pra trás e se mudaria para o país e cidade dela, ou o relacionamento se esgotava. Não era mais o tempo de Byron e amores românticos espichados por cartas incandescentes, nem era ainda o tempo dos amores pirotécnicos favorecidos pela internet. As portas da modernidade estavam abertas, mas a telefonia e o correio encontravam-se muito aquém da voracidade juvenil. Tinham se passado três anos, ela se enfastiara das ansiedades nos intervalos entre uma carta e outra (manuscritas as dele, datilografadas as dela), do vazio cada vez menos aplacado pela expectativa.

Haveria de encarar o vazio de outra maneira... de outras maneiras. E então lhe pareceu perfeitamente acessível reconfigurar a esperança. Adeus, meu ex-grande amor. Adeus, meus ex-sonhos, anteparos e promessas. E, no mesmo final de semana do rompimento, conhecera o futuro marido numa excursão com um grupo universitário.

Nos anos seguintes — quarenta e um, precisamente — não houve qualquer contato. Perderam-se de vista, perderam-se. Teria ele lamentado a falta dela? Com certeza: a ausência com seus vários significados. As exacerbadas percepções dela impregnando as conversas mais banais. Os deslumbramentos ante um livro, uma música, um quadro que ele lhe franqueara. O despudor de respeitar a própria timidez sem lançar mão dos manjados subterfúgios femininos. O fato é que ela fugia do estereótipo de namorada e ao mesmo tempo que excitava, deixava-o desarvorado, sem fôlego. E isso ocupava um espaço no desconforto que a vida familiar fora delineando a partir da adolescência. Pai e mãe em eterna disputa — ela sempre mais ácida e intensa, ele submisso, frágil, mas igualmente provocador — produziram nele um retraimento sutil. E ao mesmo tempo que isso propiciara um jeito confortável e mecânico de lidar com ambos, juntos ou separadamente, o levara a voltar energias para os filmes cool, os escritores cool, a pilha de discos cool, os amigos não tão cool, mas, enfim, cool também, postergando para o dia de são nunca entender e lidar com os conflitos domésticos. Além do mais, a ansiedade desencadeada pela adolescência nunca alcançara patamares desenfreados. Era um estudante médio, com colegas médios na faculdade, amigos médios no clube, companheiros médios de condomínio e bairro, e não havia no horizonte nenhuma grande batalha ideológica atravancando as certezas. Pois sabia que dali a dois anos sairia com o diploma na mão (talvez não com distinção) e nada comprometeria seu futuro.

Os primeiros tempos foram desbalançados. Acostumara-se a substituir a presença física dela com explicações as mais diversas: as aragens frescas de ideias maluquinhas, os medos de que se fazia cúmplice para aplainar a angústia, as fantasias comuns delegadas para anos vindouros, devidamente imprecisas e iluminadas. Uma somatória de promessas que, concomitante em diferenciá-lo dos amigos modestos de expectativas, dava-lhe o conforto de um passaporte para o desconhecido.

O fato é que, em sendo homem, não lhe pesava, naquela idade, o encargo inegociável de casar e constituir família — fantasma rondando as costas juvenis de toda e qualquer entidade feminina. Assim, passados poucos meses, fechou a porta das lembranças e retomou, lampeiro, as rotinas de garoto galante e bom.

Nas dezenas de anos que se seguiram, nenhum dos dois haveria de lamentar nada. Construíram, ambos, desde então, tantos castelos e labirintos, que o que haviam edificado juntos evaporou-se. Foram felizes, muito felizes, infelizes e muito infelizes em variadas situações e ocasiões, quando aproveitaram para se reconfigurar em também variadas direções.

Não é exato afirmar que a ela a lembrança dele não tivesse, vez por outra, visitado. Mas sempre despertada por acasos, como achar uma foto antiga no meio de um livro. Nessas ocasiões, se houvesse uma amiga por perto, estremeceria discretamente, mencionaria os lindos olhos claros aos quais a foto envelhecida e em preto e branco não conseguia fazer jus e retomaria brevemente a situação em que a foto fora tirada. Bem assim: de forma ligeira e inócua.

A carta então fora um ponto fora da curva, decorrente de uma casualidade. Ela participava de um congresso em Porto Alegre quando encontrara, no hall do hotel, um amigo de juventude dele. O amigo estava mais ou menos a par de seu paradeiro: casado, dois filhos, há mais de vinte anos instalado em Nova York. Como ela frequentava a cidade e tinha uma amiga morando ali, a lista telefônica localizou o provável endereço. Simples, fácil, rápido.

"Meu caro Flávio" (deveria substituir por "querido"?), "tantos anos depois, ouço notícias suas. Michel, que encontrei em Porto Alegre, para onde se mudou ao se casar, me resumiu tua trajetória. Que surpresa saber que mudou de país! E que coincidência morar agora num lugar que visito regularmente há mais de vinte anos! Pena ele não ter teu e-mail, facilitaria retomar o contato. Quanta coisa pra contar, não? Espero que minha pesquisa tenha sido correta e que este seja realmente o teu endereço...".

Página e meia digitadas no computador, relatando brevemente as passagens mais importantes da vida: filhos, profissão, notícias de amigos que ele conhecera, família. Poupou-se de mencionar as tentativas erráticas pela internet, nos últimos anos, de descobrir o e-mail dele. Tentativas infrutíferas que agora se justificavam, uma vez que digitava sempre o país de origem.

A resposta veio rápida pela internet: "Que bom ouvir de você, minha pequena austríaca", como ele costumava chamá-la, charmoso no sotaque cantado. "Mudei pra Nova York pouco depois de casado, estou aqui há mais de trinta anos, pai de dois filhos..." Um e-mail carinhoso, resumindo a vida, e contando que a profissão o levava de vez em quando à cidade dela. Por sinal, isso ocorreria quinze dias mais tarde.

A expectativa (dela), nas duas semanas seguintes, correspondeu a seu modo típico de lidar com imprecisões. Camadas de pensamentos clandestinos retomando acontecidos. E, enquanto a intuição trabalhava, os sentimentos permaneciam dormentes. Ele continuava casado, aliás essa explicitação destinava-se, claro, a calibrar o distanciamento — coisa que ela já pressupunha. Ela se divorciara dez anos antes, não mencionara "marido" na carta, deixando a solteirice mais ou menos implícita. Ele se mostrara feliz e leve com a possibilidade de revê-la. Quem esperaria ele rever? A quase adolescente que encomendava surpresas tão coloridas da vida? A moça tímida que trazia uma explosão dentro de si? Era capaz de rever o sorriso dele durante a leitura do e-mail, aquele sorriso contagiante que iluminava o rosto todo, tornando um filete quase nipônico os olhos tão azuis.

Que corajosa mudança de país ele tinha feito (já pai de um garoto) — situação que ela namorara vagamente, sem nunca efetivamente encarar. E que lugar fantástico trocara pela cidade natal progressivamente empobrecida e decadente como tantas latino-americanas nas últimas décadas do século.

Retomava a imagem dele juvenil, acrescentava vários quilos, eliminava grande parte da cabeleira, mas fazia-o conservar a leveza do andar, a elegância da postura. Imaginava-o sempre de camisa azul de mangas compridas arregaçadas e colarinho aberto. E o perfume, o suave perfume de recém-saído do banho.

Felicitava-se continuamente pelo sucesso da empreitada: fora dela a iniciativa e era raríssimo se meter em situações semelhantes. Dentre todos os ex- ele era o único de que se lembrava com alguns detalhes. Aliás, era talvez o único que lhe trazia mais do que um rosto e indiferença. Durante aqueles quinze dias saiu atrás de "lembranças concretas". Não deu para recuperar as duzentas e doze cartas manuscritas que ele lhe enviara nos dois anos de namoro, porque elas haviam sido queimadas numa das primeiras mudanças de casa. Mas vasculhou armários e estantes atrás das fotografias. Como de hábito, só encontrou aquelas em que "aparecia bem". Tinha por costume rasgar e dispensar os instantâneos que não a favoreciam. Nos que tinham sobrevivido às faxinas, reviu as várias visitas à cidade dele, momentos das estadias na cidade dela, passeios ao litoral, e uma pilha de vinte e tantas fotos cresceu ao lado do computador. Fotos em branco e preto, já esmaecidas, com anotações atrás: identificação dos personagens, o local e a data.

A ele, a perspectiva do reencontro não afetara rotinas. Objetivo e prático, apenas assinalara na agenda a data e o local combinados, deixando em aberto algumas horas daquela tarde. Anteviu a região do encontro e pensou em algumas possibilidades. Organizou mentalmente uma lista de assuntos que tomaria a iniciativa de abordar, divididos em dois temas: vida de família e vida profissional. Não sabia absolutamente nada a respeito dela, nunca tivera qualquer notícia nem fora atrás, e não sobrevivera em seu círculo social nenhum amigo comum. Falariam dos filhos — ela contou na carta que tinha três —, perguntaria da carreira — ela era uma pintora reconhecida — e, se houvesse clima, conversariam sobre expectativas existenciais para os anos seguintes. Aos poucos, foi se empolgando, não com a ideia de reencontrar a ex-namorada, mas com a possibilidade de travar uma conversa pessoal, oportunidade que não visitava sua rotina há tempos. Só alguns anos depois, achou curioso ter se sentido tão à vontade para retomar um contato tão antigo. Mas a verdade é que, embora conservasse a cordialidade latina, a vida nos Estados Unidos treinara-o para vínculos de interesse, em que conotações pessoais seriam puro ruído. Acostumara-se tão bem a isso que, quando os filhos alcançaram o patamar adulto, nas conversas em família se esquivava de avançar fronteiras. Mas a empolgação do reencontro se limitava a deixá-lo com uma boa sensação. Nada mais.

Assim, desceu do edifício comercial onde fechara um excelente acordo para a empresa americana em que trabalhava há mais de uma década, cortejando a ideia de que o dia era promissor. Recriou mentalmente a figura loira e delgada que iria rever depois de tanto tempo, sem vesti-la da passagem do tempo. Criaturas masculinas não são dadas a isso — falta-lhes a competência dos arranjos mentais — e ele tinha perfeita consciência dessa limitação pessoal. Haviam combinado que ela passaria de carro e ele aguardaria na calçada. A agitação de pedestres não impediu que identificasse o veículo cinza que estacionava junto ao meio-fio, com ela lhe acenando dentro. Desatrelou-se rapidamente das fabulações e desdobramentos acenados pelo encontro profissional e para sua total surpresa viu-se invadido de um sentimento há muito relegado: uma ensolarada fantasia. A reconfortante expectativa de um almoço suave. Simples assim. Os quarenta anos de ausência subjugados pela lembrança de um tempo juvenil revisitado sem promessas. Como sempre, dava crédito total às próprias presunções, sem conceber alternativas de enfoques alheios. O dela, por exemplo. Para ele, a clave dos e-mails trocados era infensa a insinuações. Duas pessoas com visões de mundo parecidas na juventude que continuavam falando a mesma linguagem. Portanto, seria um continuum suspenso por algumas décadas. Aboletou-se então no veículo novo (mas não tão moderno e cheio de inovações quanto o dele, que só faltava tocar piano — como ele brincou) e foi sincero na afirmação:

— Puxa, como você está bem! Parece não ter mais de cinquenta...

Ela, claro, ficou lisonjeada. Cumprimento espontâneo daquele homem tão familiar e tão desconhecido, que, com os mesmos olhos azuis e suave perfume de lavanda inscritos em sua memória, acomodava-se ao lado.

— Você também está ótimo! — retribuiu com sinceridade.

E no restaurante, algumas quadras adiante, retomaram, em deliciosa desordem, flashes de lembranças.

Bendita internet. Como foi tranquilo, depois do primeiro encontro, manter o vínculo, por despretensioso que fosse. Tão distante dos malabarismos que empreenderam na juventude, em que uma carta podia levar dez dias para alcançar o destino. E a presença de voz só era possível pelo complicado intermédio de radioamadores. Benditas portas que a internet ia simultaneamente abrindo com a profusão de aplicativos facilitando as comunicações. Trocaram fotos recentes das próprias famílias. Trocaram curtas mensagens relatando fatos pessoais. Outras mensagens com fatos curiosos. Seguidos encaminhamentos que poderiam interessar o outro. Tudo muito dosado. Passavam-se semanas sem trocar notícias. Ou ocorria de se comunicarem várias vezes no mesmo dia. Havia, é verdade, da parte dele, alguma reticência com respeito à vida familiar. Poupava filhos e principalmente a mulher. Quando se referia a ela, evitava informações ou ilações. "Fui ao cinema com Dora. Ponto. Não perca esse filme, adorei." Nunca "adoramos". Nunca "minha mulher não gosta desse tipo de filme". A mulher era um ser impreciso pairando ao fundo e apontando os limites (como se fosse necessário...).

Naquele primeiríssimo encontro, em que ele lhe pareceu desconcertantemente atraente em sua camisa azul, ela se indagara, bem de leve, se o descompasso entre as duas expectativas (a dele e a dela) causaria algum constrangimento. Mas, como sempre, fora tão competente em disfarçar decepções, o segundo pensamento foi calibrado e otimista: só poderia ser uma experiência boa, rever alguém com quem tivera tanta coisa em comum e tão suave intimidade. E os primeiros momentos, no restaurante do shopping que escolhera a dedo — salão enorme, bufê abundante e variado, poucos garçons demandando pressa —, foram intensos e desestabilizadores. Eram tantos os pensamentos e variavam em tantas direções que a velha timidez engoliu tudo. Assim, foi ele quem dirigiu, e com desenvoltura, a conversa. Comentou a agitação cada vez maior da cidade em que ela morava, o caos do trânsito, do calor, a multidão cruzando a avenida em que o encontrara (uma das mais importantes avenidas comerciais da cidade), e enveredou pelas relações de trabalho, as diferenças entre o avançado país em que vivia e o arremedo de país moderno em que ela continuara morando. Não, nada absolutamente deselegante. Apenas constatações bem-humoradas sobre os percalços da "civilização de ponta" que tinha tudo para andar nos trilhos (mas nem sempre andava...) e a terrinha ensolarada onde os acordos costumavam esconder espertas armadilhas.

O fato é que para ele a situação também era algo desestabilizadora. Naquele primeiríssimo encontro, retomar contato com a moça loira e delgada que estaria agora carregando quarenta anos de vivências sabe-se lá em que direção não lhe dera a oportunidade de se preparar a contento, como fazia antes de encontros profissionais em países estrangeiros. Junto com os passeios ao Taj Mahal ou às pirâmides ou à fortaleza de Massada, ou ao templo Sri Mariamman de Cingapura no item lazer das tardes livres, adotava uma impecável lista de passos a tomar desde o primeiro aperto de mão até as despedidas após os acordos celebrados. Para aquele encontro com ela, não tinha lista preparada. Embarcara, então, no suave desconhecido, com uma pitada de ansiedade e adrenalina e um incerto pensamento acariciando o "até onde?". E, como não era de esquentar com eventuais ciúmes conjugais — Dora, com suas inquietações sociais, tinha mais no que pensar do que em eventuais sonhos de infidelidade —, fez o que nunca tivera ocasião de fazer com qualquer outra ex-: repassou, com as minúcias que a memória permitiu, a semana anterior ao rompimento, quarenta anos antes. Por que mesmo tinha acabado o romance feito de açúcar e mel, e cartas e mais cartas escritas à mão com caneta de tinta azul em papel bem fininho? Ah, as breves estadias dela na cidade dele, onde dançariam cúmbias todas as noites (hum, o perfume do cabelo loiro e fininho dela!), seguidas de carícias e beijos incandescentes que só estancavam na virgindade da namorada... Recupera pai e mãe, ansiosos com o namoro internacional em que antecipavam carradas de empecilhos, ambos tão jovens, sonhadores, igualmente imaturos, igualmente impacientes. O pai sempre na retaguarda, reclamando e nunca ousando. A mãe contundente, impulsiva, as rédeas nas mãos. Terminado o serviço militar ainda estaria a dois anos de se formar na faculdade. Ela (a namorada) sugerindo transferência para a cidade dela. Ela (a mãe) absolutamente contrária a esse plano. Ele, balançando: tão boa sua vida versus tão atraentes os desafios que a namorada propunha. E assim deixara rolar, escrevendo as cartas, mantendo o clima, comentando os filmes de Antonioni (ela tão parecida com a Monica Vitti — muito no astral, um tanto no visual), os contos do Cortázar (em que ele a introduzira), ouvindo ambos o adágio de Albinoni no meio da noite.

Ela continuou indo regularmente para Nova York. Em toda estadia havia sempre um galante convite para jantar num restaurante charmoso. A taça de vinho tinto iniciava a noite, destravando distanciamentos. As mãos roçavam numa intimidade confortável. Olhavam-se nos olhos, deliciavam-se com as mútuas presenças, detinham-se no sabor dos pratos, na forma elegante das taças de cristal, na vela acesa entre as louças, no vai e vem das garçonetes simpáticas e falantes ao topar com dois latino-americanos feito elas, na iluminação acolhedora daquelas salas com decibéis na medida certa. Retardavam a saída, geralmente sendo os últimos clientes da casa. E depois, de braço dado, caminhavam pelas ruas — pouco ou muito movimentadas, dependendo do restaurante escolhido — até o local onde ela se hospedava. Às vezes ele subia para esticar a conversa, e na despedida, na sala-biblioteca estilo Luís XIV com drapeados de época pendentes das altas janelas, abraçavam-se demoradamente. Um dia, ao dar os dois beijinhos protocolares, ele distraidamente roçou os lábios nos lábios dela, mas isso foi uma vez só e tão rapidamente que a memória sequer arquivou.

Podiam também ser visitas a museus. Sempre tantos e tão inspiradores, os daquela metrópole em que ele vivia. Para ambos, um encontro de interesses e vontades. Passear lentamente pelos amplos corredores, admirando os registros de outros tempos, outras civilizações, prontos gatilhos para ela fantasiar não só os cotidianos de épocas remotas — moradias, vestuários, objetos datados que só com a boa curadoria do museu era possível significar — como a maneira de ser, pensar e sentir dos indivíduos das várias camadas sociais habitando cada povoação. Tantas e tão diversificadas fatias de realidades invadiam seu imaginário, extravasavam para seu cotidiano, e eis que se via cercada de gentes, coisas, agitações — não era mais apenas ela em seus pequenos, confortáveis e, no mais das vezes, entediantes domínios.

Para ele, que tinha tido sempre à mão esses prazeres do espírito — e cultivava-os —, a circunstância também acrescentava esferas. Se não por outra razão, pelo simples fato de compartilhar a experiência com alguém cujas reações não fossem antecipáveis. E que não pudesse, como Dora, adivinhar grande parte de suas observações e avaliações — percalços da longa convivência.

Ainda que o momento de vida de ambos não fosse dos mais movimentados, rotinas diversas preenchiam bem o tempo. Ele trabalhava em casa, pela internet; ela passava os dias no atelier, pintando, ou engendrando objetos primeiramente pelo computador, uma experiência amadora dos últimos anos que estava dando muito certo. Não era sempre que se viam pelas ferramentas da internet; não era constante a troca de mensagens. Mas alguma coisa tinha ficado ali entre os dois, uma permanência imprecisa que assegurava algo como um compartilhamento e uma aliança. O outro haveria de enxergar sempre, ainda que não compreendesse inteiramente, os desafios e as escolhas. Um olhar fraterno e amoroso. Solidário. Como se tivessem atravessado todas as planícies e vendavais juntos, manobrando os mesmos equilíbrios. Os medos sempre encontravam o outro de braços abertos. As alegrias, quaisquer que fossem, eram partilhadas com sinceridade.

Assim, os silêncios e os vazios inevitáveis dessa etapa de vida encontraram confortável aleнto nessa tão exclusiva intimidade. Nas águas tranquilas de um tipo de afeto que não digladiou com outros laços, nem almejou outros patamares, cada um no seu tempo e à sua maneira, continuaram, vida afora, cultivando sem projeto algum essa suave parceria.

TENRAS SENSIBILIDADES

Ele tinha nove anos e nem sempre se encantava com o programa: ir pra casa da avó. Rabiscar no caderno pautado a escalação de times e disputar queimada no pátio eram emoções bem maiores. Mas às vezes topava ir. A avó ia pegá-lo com sua mochila cheia de badulaques, instalava-o na semicadeirinha para meninos-grandes (que ele já era) e durante o trajeto, enquanto olhava a nuca grisalha da motorista, ouvia no som do carro algum CD antigo dela com melodias alegres, ela cantarolando junto. E bailando.

Já sabia tanta coisa e já tinha atravessado tantas imprecisões. Aquela própria avó era uma delas. Quando bem pequenininho, nas dimensões de um colo, e ela vinha religiosamente às segundas-feiras passear o carrinho de bebê no estreito pátio do condomínio, ela era uma vaga variação da mãe. Cantando canções de ninar até mergulhá-lo no silêncio, ele não enxergava discrepâncias entre os eflúvios desse aconchego e o regaço da mãe. Principalmente quando envolvido na toalha felpuda, livrava-se da banheira fria. O fato é que, na época, tão copiosa fragilidade acolheria de bom grado uma multitude de braços serenos. Também porque as aflições eram pontuais e breves e, ainda que revelassem seu desamparo, não duravam mais do que o instante de um afago.

    Mas isso se foi há tanto tempo. No banco de trás do velho carro de embreagem mecânica e som jurássico, naquela manhã de sábado que previa uma passada na feira antes da contação de histórias no teatro, ele já não colocava a avó, com a mesma confiança, em seus novos pequenos medos. Além das balas de chocolate e das revistinhas, essa avó sempre trazia uma surpresa de outra esfera. Uma história que acabara de inventar cheia de gatos e passarinhos mágicos. Um jeito novo de construir um castelo com as pecinhas de armar. O som da gaita peruana feita de fragmentos de bambu. E tantas maneiras diferentes de pular e brincar na piscina. Só que, agora, as bruxas montavam vassouras mais poderosas, que essa avó divertida não mais parecia apta a desafiar. Oscilava. Já era um menino-grande em tantas frentes. Deixara pra trás bicicleta de rodinhas, vigilância adulta nas brincadeiras do pátio, já fazia as lições de casa sem o "não tá na hora..." da mãe, e mais que tudo: tinha um diário. Anotava, escondido, é claro, tudo que fazia e lhe acontecia, mais as escalações e reescalações dos times para campeonatos do Xbox, além das pessoas chatas e legais da escola e do prédio. (E por que eram assim e por que eram assado.)

    Quanto à avó... bem, como toda avó, tinha levado, até chegar ali, um bocado de tempo e tropeços, se metido em enganos e destemperanças, encarado frustrações e bem-aventuranças. E, por ter vivido e visto e transitado e compreendido e incorporado e desentendido tantas instâncias, alcançara, vejam só, um certo equilíbrio. Nada a alvoroçava mais e isso era muito precioso. Uma notícia ruim não a depositava no fundo do poço. Nenhum poço sobrevivera em suas vizinhanças. Era bem verdade que as conquistas agora tinham curiosas equivalências. Comprar uma passagem com pontos de fidelidade via internet lhe parecia tão imensa vitória como se desincumbir galhardamente da receita de bolo de frutas frescas herdada da avó austríaca. Aprendera a ouvir e a discernir — grande, imensa, confortável conquista. Que ela sabia não poder ser ensinada. Ou pelo menos não pela doce e amadurecida palavra. Eram outros os caminhos. E, de posse dessa valiosa certeza, conseguia ir buscar o neto onde ele se encontrasse, mesmo quando ele vinha revestido de alguma proteção. Era verdade, e ela não negaria nunca, que a ingenuidade e entrega do neto, de cada um dos netos, nos primeiros passos das emoções, quando tudo ficava tão exposto, e escancarado, era o bem maior a que ela tivera acesso. A-ma-va isso. Acompanhar as raivas em estado puro, as lágrimas aflitas, o desamparo, que clamavam por um passe mágico que os acalmasse (e eles confiavam na capacidade dela de conseguir isso), só faziam confirmar sua onipotência, a maior conquista de sua autoestima.

Aquele tênue fio que ele e ela haviam construído... Quem? Ela? Ele? E quando fora isso? Quando começara? Nas tardes de segunda-feira passeando de carrinho no pátio do condomínio? Ah, aquelas tranquilas tardes, ele de chupeta na boca, olhos nos olhos dela, tentando discernir as palavras da canção infantil — CAI, CAI, BALÃO — acompanhadas do gesto, da mão pro alto sacudindo os dedos como se fossem balões em descida, gesto que por vezes ele tentava imitar? Uma vez passou um gato correndo que ele quis seguir, pulando do carrinho, e as pernas trôpegas o traíram. Gato-feio, gato-feio, o joelho meio esfolado, o colo da avó, um monte de beijos no rosto em lágrimas.

Não, não era tênue o fio, era na medida certa do que ele podia, com seus olhos gulosos e tão grande entrega e inocência. Esses meandros para a avó eram pra lá de encantadores. Tocava estridentemente as mil cordas do coração, vê-lo investir total concentração no jogo de dominó — naquela idade ainda uma adaptação com figuras de bichos — e assistir à aflição, raiva e desamparo diante de uma derrota. Doído testemunhar a autoestima sendo abalada, agora que dominar as regras do jogo e identificar com tanta presteza as figuras era fonte de uma nova segurança. Sim, porque cada experiência bem-sucedida significava a apropriação de um novo "já sei", escancarando portas para a independência. Já sabia escovar os dentes sozinho, tomar banho sem ajuda, levar o cão pra passear no pátio e recolher as fezes, usar o elevador pro apartamento do amigo, curtir sem companhia adulta o aniversário do colega. E dormir na casa da avó.

Ela confiava no pêndulo de conquistas e derrotas para situá-lo — era uma avaliação bem inconsciente. Funcionou especialmente quando ele começou a frequentar a escolinha e ia buscá-lo uma vez por semana. Entrava no carro às vezes calado, e enquanto ela afivelava a cadeirinha ele propunha o tema: sabe, vovó, quem é mais rápido, o beija-flor ou o guepardo? Ela dizia: o guepardo. E ele, triunfante, corrigia: é o beija-flor. Ele tem muito mais força, e ele bate as asas e é mais leve, explicava tão contente por saber mais do que ela.

Quando os dois começaram a escrever histórias juntos, ela lembrou da avó austríaca. Aquela que mal falava português, mas conhecia lindos contos de príncipes e princesas, castelos e florestas encantadas. A avó cheirava a bala de alcaçuz, que chupava escondido do filho e nora, proibida por ser diabética (a perna direita sempre enfaixada debaixo da meia grossa, protegendo as varizes). Queria ter herdado algumas coisas da avó: o cabelo cheio, denso e branquinho, cobrindo de ondas a cabeça bem formada. O busto farto. A habilidade em misturar farinha, ovo e açúcar e fazer brotar dali os doces mais incríveis... Todas as sextas-feiras, um quitute diferente e imbatível. Agora ela própria tão avó, tinha impulsos bissextos de produzir uma daquelas receitas digitadas no seu computador a partir dos cadernos da mãe. A mãe passara horas acompanhando os malabarismos da sogra austríaca e anotando as minúcias de cada criação culinária. Mas cadê que ela conseguia reproduzir a maravilha? Ficava sempre meia-boca, uma humilhação... Ilações com a avó austríaca ampliavam o lance de inventar histórias. Tão diversos os vínculos que as duas experiências formavam...

As histórias eram uma receita de aproximação. Escolhiam o tema — ou ele escolhia o tema e aguardava a inspiração. Melhor dizendo, aguardava que lhe viessem ideias, imagens, para formular a primeira e definitiva frase que praticamente encerrasse tudo a ser desenvolvido: "Jair era o goleador do time, faz tempo". Depois, os olhos fixos na tela do computador, girava a banqueta onde se instalara ao lado da cadeira da avó, coçava a cabeça e aguardava as perguntas dela para ir bolando o enredo: quem era esse Jair? Quantos anos? E fisicamente, era alto, baixinho, gordo, magro? E o time de futebol, como era?... Nos primeiros tempos, a avó tomava conta do teclado; depois ele mesmo se sentava na cadeira principal e digitava. Cheias de golaços e grandes embates com monstros de olhos de fogo, as histórias eram escritas em etapas, nos sábados em que ele ia dormir na casa dela. Durante a semana, ele ligava avisando que tinha tido uma ótima ideia que não podia explicar por telefone e era exatamente essa a pegadinha: como era divertido pra ele deixá-la curiosíssima porque, é claro, a continuidade da trama só seria revelada no encontro seguinte. Iam tecendo, assim, uma cumplicidade onde o irmão e os pais não tinham vez; e onde se dava a seguinte conquista: um espaço em que a galhofa e a superioridade do irmão não teriam efeito algum.

Pronta a história com uma ou duas páginas, caberia aos dois buscarem ilustrações. Podiam ser aqueles desenhos caprichados, feitos com um amplo arsenal de lápis de cor, canetas " hidrocor", giz de cera, tintas de aquarela. Aquilo que a avó tinha juntado em caixinhas devidamente enfileiradas na estante do quarto de visitas, ao lado do dominó, do jogo de damas e das peças de montar. Mas podia ser uma coisa que foi ficando mais divertida ao longo do tempo, quando a internet, o celular e o *tablet* invadiram a agenda de lazer. Então ele sozinho abria o navegador, clicava em "imagens" e escolhia um instigante desenho para aplicar ao lado do texto. Ou vários instigantes desenhos. Era uma sensação de muito poder que tomava conta dele. Não só porque logo mais imprimiria e mostraria para os pais, como levaria a história para a escola devidamente grampeada como "livro", com título e autoria em letras garrafais na capa, e a professora exibiria a seus colegas, passando de mão em mão para a leitura em voz alta. Incontestável glória.

Para a avó, voltando da escola, ele faria uma sigilosa confissão: quando crescesse, ia ser escritor; tinha tantas histórias "da hora" na cabeça... E no banco de trás, olhando as casas e árvores e pessoas através do vidro, depositava no cenário da rua alguns heróis invencíveis com seus voos imbatíveis, suas pirotecnias inimagináveis e a ferocidade reservada aos justos. Todos resgatados dos joguinhos eletrônicos. Declinava nomes de heróis complicadíssimos, que a avó nunca ouvira e esqueceria antes da próxima esquina. E, se o irmão estivesse junto no carro, a trama construiria um laço de cumplicidade entre os dois, afastando o embate sobre quem iria usar antes o Xbox naquele dia. Isso porque o assunto giraria em torno de situações escabrosas e divertidíssimas, e cada contribuição tentaria superar a do outro. A avó, evidentemente, ficaria de escanteio.

Ao longo do tempo, nem tudo podia ser narrado em palavras. As pequenas dores que aos quatro anos automaticamente se transformariam em berros estridentes sobre os quais não teria qualquer controle — podiam se estender por infindáveis minutos — aos nove já faziam acrobacias em várias instâncias de seus pensamentos. Eram longos passeios em um verdadeiro pingue-pongue de contradições que o poupavam de reações espontâneas — e isso era quase uma boa sensação. Mas também não iam muito em frente, não lhe permitiam dominar o lance a ponto de se sentir apaziguado. Como lidar com essa nova desordem que viera chegando aos poucos, à medida que algo dentro dele começou a dar significado ao que o aborrecia? O problema que incomodava lentamente pode ser colocado em palavras. A professora que não compreendera como os colegas tinham esmagado de propósito as rodas da malinha dele, agora ele sabia contar resumidamente. A tia que protegera o primo, bem mais novo, que tinha rasgado sem remorso aquela carta de Pokémon tão especial, agora dava pra denunciar pra mãe. Ainda que lacônicas, as narrações começavam a se organizar. Em casos objetivos, estava se tornando mais fácil se defender. O difícil eram aquelas dores imprecisas que ofendiam sua autoestima em constante aprimoramento. Ah, essas...

Para a avó, acompanhar essas montanhas-russas do neto era um tesouro de incalculáveis autodescobertas. O lado mais contundente se dava ao acionar o gatilho das memórias, antiquíssimas reminiscências da própria infância, flashes que as camadas de vivências trariam reinventadas. O irmão mais novo sempre irritadiço, disputando cada ínfimo espaço da casa e da família. O vizinho da frente que entortara seu patinete de propósito. Extrapolava para a turma da rua: um monte de meninos e só duas meninas além dela, que se encaixavam nas queimadas e se esquivavam do futebol. Resgatava a impotência perante a suprema humilhação de se sentir feia. Ofensa maior, que eles sadicamente impingiam a elas nos eventuais embates. E que o irmão endossava com toda a crueldade de seus oito anos. Memórias. Viajava então pelas estranhas terras das alegrias incontidas, dos pequenos segredos impróprios para adultos, dos medos inconfessáveis que irrompiam surpreendentemente de situações já conhecidas. E por alguns breves momentos deixava de ser a avó onipotente e segura, para acolher, agora na mais total empatia, de igual para igual, as emoções do neto. Era tomada pelo impulso de criar uma ponte entre a "sabedoria incipiente" dele e a "sabedoria vivencial" dela. Iniciaria falando da contingência do primo bebê, cujos "avanços" ele pode acompanhar. Falaria do que cada avanço significaria para chegar a ser grande, forte e sábio como ele próprio, que já lia com facilidade, era batuta com os números, tão competente na natação e no futebol. E, quando essa arenga estivesse suficientemente engolida e processada, falaria da outra ponta, na ponta em que ela se encontrava, quando nadar, jogar tênis, dominar a *bike* e tantas outras habilidades adquiridas começavam a degringolar. Parecia uma iniciativa brilhante, mostrar as duas pontas, mas será que funcionaria como ponte?

    Ele alternava o humor, porque aos nove anos vive-se o instante. E sempre de forma intensa. Adorava andar de bicicleta/Detestava andar de bicicleta. Adorava pular na piscina/Odiava pular na piscina. Amava ir ao Ceasa acompanhando a avó pra comer pastel de queijo e tomar caldo de cana. Mas podia ser pavoroso esse programa, se fosse seu turno de ficar com o celular da mãe. E tinha acontecido outra coisa com ele: agora apreciava curtir prolongados momentos de silêncio e sossego, dominado pelo que se passava dentro da cabeça e não pelo agito dos pés e mãos. Pensava. Pensava na história de aventura que tinha começado a escrever no computador. Pensava no bicho-preguiça que viu subindo na árvore do parque. Pensava nos números. Adorava fazer contas de cabeça — duzentos e sessenta mais duzentos e sessenta; mil mais mil; mil menos duzentos e sessenta — e por aí ia, muitas vezes desafiando a avó a resolver mais rapidamente do que ele. (Ela nunca conseguia...) Mas as urgências maiores eram menos concretas. Aquele medo impreciso que invadia sua cama à noite, fazendo-o revirar e revirar e revirar sem se abandonar ao bendito sono. Aquela impotência quando o irmão trazia brilhantes notas pra casa, enquanto as dele iam de médias para baixo. Ou quando o irmão deixava os pais embasbacados com tiradas inteligentes, feitas na medida para agradar, enquanto ele não conseguia inventar nada que os enfeitiçasse. E sempre aquela preguiça de escrever dissertações, enquanto o irmão e o vizinho resolviam as deles em dois segundos, e lá iam os dois jogar futebol no pátio do condomínio. E, se isso não bastasse, a letra do irmão, sempre caprichada e a dele... ai...

Quanto a ela, memórias, mais memórias. Pensava: que bênção essa oportunidade que a vida avançada trouxera, de recuperar, além da própria infância, a infância dos filhos. E as várias pessoas que foi revendo a cada visita, junto com as emoções que as acompanhavam. Não só isso, a cada nova visita um novo olhar, proporcionado pelas ferramentas que ia conquistando. Pelas vivências, pelas leituras, pela cada vez mais afiada intuição, cada dia mais aprimorada. O contato com esse neto, com todos os netos, dialogando com flashes do passado, era um manancial perene. Quando os filhos eram pequenos, deixara de ser uma unidade, para fazer parte de um todo. Aquela unidade que conquistara a um alto custo, depois da conturbada adolescência meio engolfada pela família. Vinte e poucos anos e se tornara aquele todo de cinco vertentes, que comandava seu dia a dia. Com que naturalidade sua agenda obedecia às prioridades do "grupo", sempre disponível para levar, buscar, conduzir, compartilhar, acolher, antes de se permitir desfrutar um momento de confidências com uma amiga de juventude. Fazia parte. Fazia parte de trocar os vazios soberanos que haviam sobrevivido à juventude, por tantas tarefas diversificadas, que chegava a acreditar que os vazios estariam enterrados definitivamente. Só que não é bom nem saudável estar em plena ação todas as horas da vigília em dias, semanas, meses, anos. Ah, aquela fome de recolhimento, de estar só, de ouvir sem interrupção as várias instâncias das vozes interiores. Mesmo que as vozes viessem com dissonâncias. Mesmo que as imprecisas dores, os imprecisos medos, as pouco palpáveis aflições não deixassem claro o rumo a tomar. A contemplação então do neto, em seus primórdios de embates traduzidos em insônias, medos que ele tentava ingenuamente ocultar mesmo porque jamais conseguiria verbalizar, não só acordava nela as lembranças, mas um acolhimento literalmente físico, coração disparado, uma vontade doida de enlaçar o menino e embalá-lo feito o nenezinho que um dia tão bem coubera ali. Ah, como explicar essa profunda emoção de se amalgamar com ele, vivenciando as dores incompreensíveis, sem que ele pudesse sequer imaginar essa proximidade, pois ele ainda não sabia quase nada de si — como poderia saber do outro? Como poderia saber que ela entendia quase tudo, ou mesmo tudo, ela, que não transitava no seu universo, vivia num mundo tão maior que sequer ele conseguia dimensionar, ou pelo menos assim lhe parecia. E ela, intuindo essa lacuna, essa encantadora disparidade, ficava ainda mais enternecida.

Ele contava os semáforos no caminho de volta pra casa e podia até corrigir a rota da avó, muitas vezes atrapalhada quando escurecia. "Vovó, é por ali, não vira aqui não...", e ela ria porque sempre cometia o mesmo erro quando se distraía. E então estavam na longa fila do primeiro semáforo, aquela fila nunca andava, ela perguntava como fora o dia na escola, ele contava que tinham tirado foto da classe, de cada aluno, veio um fotógrafo e olha vovó a minha foto sozinho, ela olhando pelo espelho, sim, legal, vejo depois melhor, agora não posso olhar para trás, eu vou colocar no porta-retratos, ele disse, e aí ela viu, pelo espelho mesmo, que a foto se entortara toda na mochila, ele tão lindo e a foto dobrada, ela só disse: cuidado meu lindo que assim a foto rasga; não vovó ela não rasga, eu vou colocar na moldura, ela então aflita antecipando a decepção que seria a foto tornando-se inviável se concentrou mais no pedaço de papel que ele balançava descuidado do que no grande projeto em que ele se metia, prometendo-se achar uma moldura, colocar a foto ali e exibi-la como surpresa pra todos em cima do móvel do meio da sala. Fazendo tudo isso sozinho. A tonta da avó não percebera a imensidade do gesto, e persistia em proteger o pedaço de papel que ia sendo maltratado no banco de trás, tão boba essa avó, que ele não conseguia convencer por mais que explicasse. E então ele tapou os ouvidos para as considerações impertinentes dela e só lhe sobraram as lágrimas, as lágrimas proibidas para homens como ele. E a mão livre enxugou o vexame, enxugou é modo de dizer porque elas continuaram sendo vertidas e a avó que não parava de falar, agora tentando consolá-lo, que ela ajudaria a colocar na moldura, só que ele não queria ninguém ajudando, era um lance só dele, dele, então a avó silenciou já perto do último semáforo, confusa, consternada, impotente perante a própria incompetência. Ele inconsolável. Ela arrasada.

Difícil precisar quando começou a dizer não, a recusa a se afastar da mãe, aquela aflição de arriscar o vínculo que lhe garantia segurança. Trafegava tão bem entre os amigos, que quando a avó vinha resgatá-lo da escola era abraçado e acompanhado até o portão por tantos e tantas. As meninas, que viviam em grupinho, curvavam-se ante aquela meiguice de considerá-las iguais (que outro menino fazia isso?) e se viam sempre tentadas a acolhê-lo no grupinho, embora isso efetivamente não acontecesse. Pois lá estavam várias delas se despedindo quando ele resgatava em ágeis passadas a mochila e corria até a porta de saída. Tchau. Tchau, ele respondia sem olhar para trás, só pensando no corrimão da ladeirinha em que escorregaria com destreza até a calçada — uma rotina. Então o que seria aquele desassossego quando a mãe viajava, ou se atrasava pro jantar? O que seria aquele naufrágio em terra firme na espera em frente à porta do clube, nos tantos minutos em que ela não chegava? A ideia de ir dormir na casa da avó, algo que fizera assiduamente até então, não podia mais ser encarada. Nem pensar. Muito menos participar da excursão de três dias com os colegas da escola. As súbitas agonias que o levavam ao telefone para localizar a mãe no cinema, no emprego, numa viagem de trabalho, no supermercado, no restaurante com amigos, tentativas que, frustradas, podiam lhe causar acessos de choro incontroláveis.

E, por saber de tudo isso — claro, a filha compartilhava —, a avó ensaiava formas de penetrar nesse desamparo, construindo as mais diversas aproximações. Domingo, no parque, os dois andando de bicicleta, uma parada para ele comprar água de coco com o dinheiro da mesada e o descanso no banco de madeira. Meu lindo, quer ficar hoje o dia todo com a vovó? Pausa, os dois olhando o agito de bicicletas e caminhantes e patinetes e skates. Quero... a gente podia ir ao cinema, ou ver um filme na televisão, vovó você já viu o porta-dos-fundos no YouTube com aquele moleque maluco... não meu lindo, não sou boa de YouTube você me mostra? Vovó!!!! todo mundo sabe entrar no YouTube! Ele acha engraçado aquela avó tão desaparelhada. Fica até mais fácil encarar o domingo inteiro só com ela. Então meu lindo, vamos sim escolher um filme quando chegarmos em casa, mas antes podemos dar uma volta bem grande pelo bairro, quero te mostrar o lugar em que morei. Mas vovó eu conheço tão bem, fui lá tantas vezes. Mas não conhece agora, a casa está tão depredada a coitadinha. Os novos habitantes têm um bando de cachorros, gatos, passarinhos e acho até que criam hamsters e galinhas e a grama da frente virou mato, um monte de pedaços de paus espalhados. Que feio, vovó, não quero ir não. Vamos tomar sorvete, vamos?

O que será que pretendera ao sugerir um programa careta desses? Visitar as ruínas de um tempo que fora tão extenso, tão ruim e tão bom? E com o neto, tão alheio aos guardados que a velha casa continha... Não, não era a casa que revisitava, era a ela, ao que ela própria fora, às tantas "elas" que haviam habitado ali. Era por certo a mesma retomada que vez por outra fazia nos passeios solitários de bicicleta pelo bairro que habitara por tantos anos. Os locais agora transvestidos de prédios e lojas e terrenos baldios, onde ela tivera roupas consertadas, o óleo do carro trocado, comprara picanhas e filés de peixe e verduras e frutas... na verdade, era a entranhada saudade do que um dia ela fora que a fazia se deter perante as grades da velha casa, imaginando-se a percorrer a ampla sala de estar com as portas escancaradas para o belo jardim. (A amoreira, a jabuticabeira, o limoeiro de limão selvagem, e o sol). E, agora, sua intuição percebia ali um caminho de proximidade com o neto, se ela soubesse conduzi-lo no tom certo por suas pencas de remotas e por vezes tão cômicas vulnerabilidades. Sim, sim, claro, ali estava uma brecha em que os mundos dos dois poderiam se encontrar, se dar as mãos, se tocar. Quem sabe.

    Por onde andariam os medos dele? A avó tateava. Há muito não era mais uma presa da timidez que o fazia esconder o rosto na saia da mãe em ambiente desconhecido. Isso fora aos dois anos, quando, com o gesto, aspirava se tornar invisível. Levava muito mais tempo do que o irmão e os primos para se apropriar dos cenários, das várias vozes e dinâmicas. E as ofertas de ajuda só faziam retardar a acomodação. O estranhamento ditava o ritmo com que reagia às atenções: a coisa era um pouco confusa. Podia ler um sorriso como acolhimento ou entender esse mesmo sorriso como zombaria. Tão incipientes ainda os meios de avaliar o entorno... A dimensão do tempo era outro fator determinante, porque tudo era sempre já e intenso. Já e intenso. Pois, quando conseguia vencer o estranhamento, ocorria uma verdadeira reviravolta, ele se aprumava e pronto, nada mais abalaria sua segurança. Escolheria os brinquedos de sua preferência e lutaria por eles ante qualquer ameaça, mesmo provinda de inimigos mais avantajados. Ei-lo pronto para satisfazer qualquer um de seus desejos com a pujança de seus bracinhos e a intensidade de sua voz. E foram tantas e tantas vezes que esse circuito se repetiu que, de repente, a timidez deixou de comparecer. Eis aí um desses pequenos aprendizados que o deixaram grande, quase do tamanho do irmão, e permitiram avançar para outro patamar. A avó percebia, a avó tateava.

A escola e os colegas da classe agora já existiam de fato. Duda, Bruno e Beto, os amigos, tinham nome e uma réstia bem discreta de personalidade. As meninas, não. As meninas não tinham nome e eram sempre "as meninas". Com os amigos, o futebol, o pega-pega, as trocas de figurinhas, as aventuras no recreio, os livros da biblioteca... os laços se faziam de todas as maneiras, estreitados, vez por outra, por visitas às respectivas casas. E, na semana que isso acontecia, o visitado e o visitante se tornavam os melhores amigos, situação que durava por alguns dias. Brincar, jogar, fazer eram o arcabouço dos relacionamentos, sobre o qual pouquíssimas declarações haveriam de ser manifestadas. As geralmente lacônicas formulações verbais tinham por alvo as regras do jogo, as regras da atividade em que se empenhavam, regras não formuladas mas perfeitamente subentendidas de comum acordo por todos. E ai de quem ousasse subvertê-las. E era dessa tecitura de honra que se fazia a convivência. O grupo amplo de meninos, formado por vários microgrupos com as alianças construídas praticamente na mesma configuração, partilhava assim de uma linguagem muda, que raramente podia ser apropriada pelas meninas. Elas não entendem, era como ele então explicava definitivamente para a desaparelhada avó, que, a troco de espichar algum diálogo, estranhava a ausência de meninas nas brincadeiras.

E, então, novamente mudança na dinâmica. A dinâmica constantemente redesenhando a configuração do grupo. De repente, o grande artilheiro é péssimo, mas péssimo mesmo construtor de naves espaciais com as pecinhas de Lego. Péssimo, sem paciência, sujeito a surtos de irritação. O grande artilheiro também não distingue retângulos de quadrados, por isso acaba rebaixado e o garoto manso, que domina as letras bem melhor do que os outros, ganha status. Outros dois meninos disputam a vice-liderança. E onde se posiciona ele com sua competente noção de números, sempre vencendo os desafios a que submete a desaparelhada avó, a fazer de cabeça altas somas e complicadas multiplicações (ela sempre derrotada)? E na visita à biblioteca do bairro, ele é o que escolhe com maior segurança o livro que será retirado para, com a ajuda da professora, ler em voz alta na classe. Aprecia cada vez mais intensamente ser alvo daqueles olhares silenciosamente respeitosos dos meninos. Das meninas também, embora não lhe digam ao coração ainda. Talvez a Vivi, com aqueles olhos grandes, atrás daqueles óculos invejáveis, que ele acabou ganhando de tanto insistir com a mãe. (Só que os dele não tinham lentes de grau.) A Vivi também era boa de escolher livro e jogava queimada como ninguém. E no recreio ficava, de vez em quando, nas rodas de meninos. As meninas podem ser legais às vezes, foi o que ele passou a pensar.

Os ajustes, os pequenos e incessantes ajustes deslocam-no para mais e para menos, sujeito às variáveis. Não chega a aperceber-se disso. Na verdade, a percepção vem em forma de estranhamento, depois recuo, cadê minha mãe? A mãe é a fantasia do esteio seguro, que agora ele já sabe que pode falhar. Falha. Falha porque não tem como corresponder às necessidades do momento. Ela não tem como avaliar a precisão dele pelo lacônico das informações que lhe dá. E como não ser ele lacônico, incompetente que é em avaliar o que realmente se passa dentro dele? A onisciência e onipotência que o colocam nos ombros fazem a mãe sorrir e, ainda que não correspondendo, acolhê-lo num grande abraço. E ele navegará por um momento atemporal num colo que alimenta, sereno. Do jeito que gostaria de estar sempre, sempre, por toda a vida.

O Tião veio em casa um dia e sabe aquele jogo com números, parecido com cartas, eu aprendi tão rápido que ganhei logo a primeira partida. E foi assim que a avó soube, na viagem de volta da escola, que o Tião era o melhor amigo e no sábado o neto iria dormir na casa dele, que tinha piscina, um cachorro enorme desse tamanho e um gato que não gostava de visitas. Agora chovia. Chovia e fazia um frio danado voltando da escola. A chuva inspirando nele altas divagações: vovó eu vou fazer um barquinho pra botar na enxurrada. E a enxurrada desce uma ladeira, depois vira assim... E lá ia ele navegando nas fantasias de um futuro tempo, quando estaria numa pequena cidade do interior, na casa do avô, onde barquinhos de papel e enxurradas costumavam conviver pacificamente. Mas o que surpreendia e encantava agora a avó era esse movimento, inusitado nele, de compartilhar. Compartilhar sem ser provocado com a insistência e a paciência de avó: conta pra vovó como foi a escola hoje? Brincou bastante? O que aprendeu? Desta vez tinha sido espontâneo, reflexo da chuva fustigando os vidros do carro. Algo que acordou nele, empurrou-o para a enxurrada na rua do avô, e ele contou-se.

Na semana seguinte, devidamente alertada pela filha, a avó quis retomar aquele clima de compartilhamento, aquele lance de verbalizar experiências. Nem seriam bem experiências, seria uma "acontecência", o sábado anterior na casa do Tião. Segundo a filha, no decorrer da noite, ele ligara inúmeras vezes para o celular dela, em pânico crescente. Aos soluços, relatava saudades dela, reiteradamente saudades, saudades, lágrimas, a voz embargada. Mas eu estou aqui perto, meu amor, nos veremos amanhã, tentava acalmá-lo, sofrendo ela, claro, também.

Assim, na volta da escola, estendendo o trajeto para ir à quitanda, à papelaria, e sei lá mais o quê, a avó quis percorrer com ele algumas suspeitas e foi palmilhando: era muito escuro o quarto do Tião? Vocês foram dormir muito tarde? E o gato, aquele gato que não gosta de visitas, ficou rodando por perto? Recorreu a autoexemplo — quando eu era menina, um dia não consegui dormir na casa da minha melhor amiga da rua sabe por quê? Porque a casa dela ficava bem próximo de uma avenida — a minha ficava numa quadra mais distante — e o barulho dos carros... estranhei o barulho dos carros. Ele ouvindo, calado. Pelo espelho retrovisor dava pra perceber o desalento. Estivera até aquele momento todo alegrinho, superado o sábado enrascado, nem quase lembrava mais. Então se agita na cadeirinha de menino-grande, olha pra fora sem ver a paisagem familiar, e as malvindas lágrimas despontam nos olhos, ameaçam descer nas bochechas, rápido seca ambas com as mãos. E não fala. Não balbucia nada. Silêncio, os olhos nas pessoas que passam. Não saberia dizer dessa nova agonia. Lentamente vão se instalando novas autonomias. Já sabe isso, já sabe aquilo, já aprendeu a automatizar o que antes nem sabia, domina novos territórios. E, a cada uma dessas microconquistas, avança no espaço, avança... o que é uma curtição: conseguir fazer sozinho. Mas eis que existe uma estranha e imprecisa contrapartida, que é ser diferente no tocante à mãe. Mudar a configuração com relação à mãe. Ele deixou um lugar onde estava confortavelmente instalado, um pouco mais independente, um pouco mais senhor do seu espaço. Galgou assim um novo patamar, que era até então desconhecido e, como todo lugar pouco conhecido, sujeito a monstros de diversos matizes. Ah, os monstros, sempre os monstros, que se imiscuem nos quartos escuros onde meninos de olhos bem abertos tentam sem sucesso dormir. Só tem uma coisa: os monstros são babacas, não sabem que, quando o menino percebe que ficou definitivamente mais esperto, ele encontra uma vassoura, uma espada, uma qualquer coisa que cada vez é diferente, pra arrasar com esses monstros. Espera só, espera só, não demora e vai rolar. Mas enquanto não rola...

Enquanto não rola ele descobre que adora montar Lego a partir dos manuais que vêm dentro das caixas. Adora e monta sozinho. Adora ser o artilheiro do time da classe. Adora capturar criaturas malucas às terças-feiras quando o pai o leva pra escola (é seu dia de acesso ao *tablet* paterno). Joga basquete com habilidade, na quadra do condomínio. Nada crawl, peito e costas com plena capacidade de enfrentar piscina funda ou mar meio revolto. Já sabe arrumar a cama e bater a roupa suja na máquina. É craque em consertar as besteiras que a avó faz no celular. Joga tênis até que direitinho, e na aula coletiva é frequente ser o rei da quadra. Já leu sozinho, e por conta própria, uma porção de livros. E agora está curtindo ler um bem longo, toda noite, antes de dormir. É amigo da Júlia e da Clara, duas irmãs que jogam futebol com os meninos do prédio. Sabe subir e descer no elevador sozinho, aliás, faz tempo, desde que conseguiu alcançar o botão do vinte e um, onde mora. Ajuda o pai a fazer o macarrão dos domingos, mexendo o molho do alto de um banquinho. Com tanta sabedoria acumulada, quanta independência e autonomia conquistou. Avança, avança, seguro e forte, e de repente estaca. Vislumbra-se distante, definitivamente alguma coisa mudou na configuração entre ele e a mãe. Um quase nada que o faz estremecer. Mamãe, mamãe. Agarra-se ao pescoço dela quando ela volta pra casa.

Agora novos desbalanceamentos dentro do grupo da escola. Um dia somem com o lanche dele. Outro dia sentam em cima de sua mochila e quebram as rodinhas. Um dia ele reage e empurra o Beto. Outro dia o Beto arma uma vingança, ajudado pelo Antonio. Um dia ele não empresta a pasta para o Marcos. Outro dia o Marcos junto com o Beto e o Antonio somem com o caderno dele. Um dia ele não é convidado para o aniversário de um do grupo. Só ele, só ele. Um dia ele não dá a figurinha repetida que meio que prometeu pro Bruno. Outro dia o Bruno com mais dois afanam o chaveiro descolado que ganhou da tia. Um dia começa a descobrir um jeito de evitar que os outros impliquem com ele. Outro dia descobre outro jeito de evitar que impliquem com ele. E depois mais outro jeito e mais outro jeito. E está bem forte e seguro, e bem alegre e bem feliz, e faz toda a lição de casa sem a mãe precisar lembrar, e não briga com o irmão, e come sem reclamar o peixe que odeia e vai pro chuveiro sem enrolação e está quase muito, muito feliz, quando chega a mensagem do Beto avisando que não vai escalá-lo pro time de futebol.

Aquele colo que amainava qualquer desconforto... descobre que não existe mais. É com esse doloroso descompasso que vai ter de se entender daí pra frente. A avó, pobre dela, nunca alcançará inteiramente aquele território estranho, feito de luz e sombras. Vislumbrará, talvez, os contornos do desamparo. Quem sabe até, com seus silêncios, possa estender uma rede de apoio. Quem sabe, com a muda presença, demonstre que, como ela própria, a mãe estará sempre ao lado dele, ainda que de formas diversas. Oxalá consiga emprestar força a essa tenra sensibilidade para atravessar este novo Rubicão.

E os tantos outros.

PREITO A ELA

A vela acesa na varanda vai durar dias, dizem que sete. Dezembro, calor intenso, o sol na mesinha. Só quando as persianas são baixadas, a chama mirradinha pode ser vislumbrada. Mas não tem ninguém pra vislumbrar. Esse rito ela e o irmão vão manter, cada um em sua casa, em memória dela. Da mãe. Que ambiguamente, cruzando os tempos, manteve o laço entre os dois.

A memória funciona em etapas, feito os vínculos e tantas outras instâncias da existência. Puxadas pelos instantâneos — antigamente colados em álbuns, em que permaneciam eternamente descortinando pequenos acontecidos, e hoje são arquivadas em dispositivos — as imagens desencadeiam turbilhões ou flashes, dependendo de quem as aciona e quando. De baby doll aos quinze anos, encostada na cerca de madeira da varanda no apartamento do Guarujá numa manhã ensolarada, o momento da foto resgata o pai lendo jornal na sala e a mãe adiantando o almoço, já de maiô e chapéu, antes de descer para a praia. Nada demais. Absolutamente nada intenso. Apenas um microinstante da rotina de uma rotina de férias, em que a imagem dela em baby doll, sim, informava daquela varanda que acordara sem dor na alma e o dia estaria garantido. A mãe na surdina. Quem era mesmo aquela mãe do Guarujá? E a foto da mãe muito antes com ela bebezinho, no colo? A mãe sorrindo. O bebê gorducho, que, segundo recorrentes informações, chorava longamente noites afora, a ponto de o vizinho da casa de trás acompanhar. Seriam mesmo cólicas? Seria começo de outra aflição maior? Quem saberia... É o que a foto agora traz. As suposições.

As fotos evocavam coisas muito diferentes para os irmãos. Ele raramente recorria a elas. Tinha sedimentado as lembranças em planilhas mentais consolidadas, cujos alicerces nem suas duas terapeutas haviam conseguido desconstruir. Mas, quando alguém lhe mostrava o álbum, desconversava. Era tomado de uma vaga sensação de ternuras, perante as quais era um Davi diante de um Golias. E, como ao longo do tempo e treinado por mulher (sensível) e filhas (idem) começara a dar certo crédito a "esse tipo de fraqueza", espichava um pouco a sensação que passara a denotar humanidade. Via-se humano. Mais humano. Sensível. E, durante alguns hiatos, emergia o outro que havia nas profundezas.

Ao longo dos anos, a filha incorporara a mãe em sua rotina, em diversificadas posições. Na infância e adolescência, a mãe era metade de um casal. Na verdade, bem mais que a metade, uma vez que o pai, silencioso e introspectivo, pairava ausente sobre assuntos domésticos, só dando pitacos, vez por outra, em temas objetivos, como estudos e assuntos culturais. Feche a porta do armário, guarde as tranqueiras no seu quarto, faça a lição antes de ir brincar na rua, não brigue com seu irmão que é menor — durante muitos e muitos anos esse era o mantra da mãe em suas aflições. Chama-se Educação, o treinamento que, anos mais tarde, já incorporado, garantia-lhe o conforto de dar ordem ao caos. Era, pois, associada à exasperação que via a mãe daquela foto no verão europeu de um julho qualquer, ao lado do pai na grande praça de Siena. Por esse tempo — teria ela quinze ou dezesseis anos? — os pais empreenderam uma viagem de dois meses à Europa, deixando os filhos a cargo de uma tia mais velha, viúva e pouco comunicativa. Foram férias gerais em que ela não fechou a porta de armário algum, pelo menos do jeito perfeito que a mãe queria, mas pouco brigou com o irmão, agora bem maior e mais forte do que ela. A foto trazia um misto de aflição, saudade e alívio. Superações, talvez.

As raízes do misticismo ligado à vela de sete dias escapa aos dois. Remete a uma prática da casa da mãe: a chama diminuta acesa num pavio apoiado num pequeno suporte de rolha. Ficava queimando à custa de óleo e boiando dias e dias num frasco com água, em homenagem aos ausentes. Havia um monte daquelas pecinhas guardadas no armário da cozinha e, no aniversário da morte de cada um, a mãe acendia uma. Era uma coisa de família — era toda sua explicação. A avó deles tivera esse hábito, as tias também. E os filhos nunca souberam se era um costume ancestral judaico trazido da Rússia ou algo que nascera inspirado nas aflições da nova terra. Depois da morte da mãe, acender a vela se tornou uma vaga maneira de recuperar raízes, aquelas raízes imprecisas que só depois dos cinquenta anos ganharam algum espaço na vida dela e do irmão.

Foi alegre a festa de setenta anos que fizeram para a mãe. Ela linda em seu vestido turquesa, ressaltando a cor dos olhos, o cabelo, ligeiramente grisalho, todo aprumado pelo cabeleireiro dos sábados, mais uma de suas rotinas semanais. Estava inteiraça e ativa, guiava seu fusqueta branco valentemente pelas ruas de São Paulo, resolvendo sozinha todas as pendências, de dentista a costureira, a trabalho voluntário às segundas e quartas, a que nunca, rigorosamente nunca, falhava.

Foram ainda mais festejados os oitenta e cinco anos, ainda elegante no tailleurzinho azul-claro, agora substituídas as lentes de contato por pesados óculos de grau sem os quais não enxergaria um palmo. A grande família se reuniu em almoço com bufê, garçons e até um rabino para abençoar a data.

Nos interstícios desses anos todos, teve presença mutante na vida dos filhos. Em algum momento, quando ambos abandonaram o ninho, já falecido o marido, tornou-se uma família no singular. Era ela e só ela. Tinha, é verdade, um diminuto espaço na tribo dos filhos, espaço indefinido, que oscilava entre muito próximo e por vezes paralelo, acolhendo os vários netos com as regras de seu mundo que estava longe de ser o deles. Nem tentava fazer a ponte, porque a seu ver não lhe caberia a iniciativa, nem teria forças; mas compensava essa incompetência com uma suavidade própria, que atraía e amainava desconfianças. Quando os netos eram pequenos, acarinhava os joelhos raspados, as frustrações diante de grandes e intensos desejos não realizados, como não poder comer mais de três pedaços de chocolate, não poder tirar a boneca das mãos da irmã menor, não comprar mais figurinhas da banca, não poder assistir mais do que três programas de TV à noite — aquelas pequenas grandes tragédias que arruinavam o dia dos netos para todo o sempre... até o dia seguinte. Quando cresceram, soube ouvir, com a mesma atenção e delicadeza, pungências igualmente trágicas (os vários amores incompreendidos), agora encaradas com menos desespero.

    Soubera viver a solitude com tranquilidade e elegância, não invadindo nem se deixando invadir, ampliando o círculo de amigas avulsas em todas as direções. Ficara viúva antes dos sessenta e o grupo foi gradualmente se ampliando nas décadas seguintes. Também se ocupava de visitas solidárias a parentes diretos ou agregados mais velhos tolhidos por limitações. Era seu jeito de ser: íntegra e consequente nas iniciativas. Defendia-se do vazio com as rotinas. Rotinas que deixava expostas em seus contornos e ajudavam a atenuar as aflições. As compras de supermercado, os controles da saúde (dentista, oculista, ginecologista, cardiologista), cabeleireiro aos sábados de manhã, as tais visitas solidárias, os cumprimentos nos aniversários de todos os sobrinhos, os acertos bancários, as arrumações e limpezas dos armários... deixava-se absorver da mesma maneira pelas grandes e pequenas obrigações, sempre atenta para não cometer equívocos. Odiava equívocos. Mais que isso, tinha verdadeiro pavor deles. Assim, investia profundamente em não errar — nunca, nunca errar.

    Foi assustador deparar com os primeiros sinais de imperfeições. Tão assustador que não quis tomar consciência e não lhes franqueou acesso à confortável esfera das atividades rotineiras, tão habilmente encaixadas umas nas outras. Esquecimentos, trocas, distrações. Atrasos em encontros, compras inadequadas, boletos vencidos, saldos insuficientes, descuido com medicamentos. A filha se deu conta de algumas incongruências, mas nada que exigisse intervenções urgentes. Ou talvez sim, os constantes raspões na lataria do carro, os pneus furados em buracos no asfalto ou por pancadas em guias, a imperícia no volante aconselhando velocidades cada vez mais reduzidas... não foi muito difícil convencê-la a aceitar um motorista duas vezes por semana para cumprir seus compromissos. Que agora haviam se reduzido bastante, com a perda de amigas e a baixa da energia. Não que tivesse deixado de cumprir suas várias rotinas, mas lhe pareciam mais custosas, cansava-se mais rapidamente: abandonou algumas práticas, passou a se poupar visitas solidárias. Pela primeira vez queixou-se à filha de se sentir só.

Perdera todos os irmãos e praticamente todas as primas. Mas o fato de o mundo ter encolhido não afetava apenas as opções de atividade. Afetava principalmente aquele espaço interior onde não navegava nada bem. Ela sempre fora orientada para fora, para fazer, para resultados. Isso de ficar lambendo feridas, dando corda aos medos, lamentando perdas e limitações não era com ela. Portanto não tinha, nem nunca tinha tido, confidentes. Mesmo quando as irmãs eram vivas e tão próximas as três, não soubera falar das dores, agonias, aflições. Não soubera sequer detectar a ocorrência desses destemperos que ameaçavam a estabilidade. Ameaçavam a estabilidade de suas irmãs — tinha vagamente a noção disso. E, embora as duas irmãs, mais velhas do que ela, tivessem, de formas diferentes, encarado de peito aberto as angústias, ela só acompanhava, lamentava solidariamente, fazia-se útil e presente. Mas não compartilharia as próprias dificuldades porque não era capaz de formulá-las, quanto mais verbalizá-las.

Sentada sozinha na sala confortável e clara, no segundo andar de um prédio de esquina, agora passava longas horas lutando com as agulhas de tricô, produzindo gorros e cachecóis para o bazar de uma instituição beneficente. Com a paciência que os filhos lhe invejaram a vida inteira, perdia o ponto, recuperava o ponto, os pesados óculos de grau quatorze escorregando pelo nariz, indo e voltando, absorta, as horas passando. A vizinha, que antes descia junto com a acompanhante para jogar tranca, uma ou duas vezes por semana, não vinha mais. A sobrinha, que costumava visitar a cada mês, agora apenas telefonava. Não comparecia mais às reuniões da instituição em que fora voluntária por mais de quarenta anos — tornara-se difícil acompanhar as discussões. As compras da casa estavam a cargo da auxiliar doméstica que morava com ela há décadas e diariamente a acompanhava em saudáveis passeios pelas ruas do bairro. As contas bancárias tinham sido delegadas para a filha, que ia com ela ao oculista, ao geriatra, aos exames de laboratório. Um problema mais grave na vista e uma queda tropeçando no tapete da sala ocasionaram internação em hospital. Nunca faltou, porém, ao cabeleireiro dos sábados, responsável pelo penteado sempre armado com laquê, nem abandonou a produção de suas duas peças de tricô por semana, entremeada, vez por outra, pelo jogo de paciência na mesa de jantar. Ou as palavras cruzadas, bom exercício para a memória, lera em algum lugar.

Eram esses percursos todos que frequentavam a varanda da casa da filha quando a vela ficava acesa. Por dias e dias. As recordações. Era como se, ao explicar a trajetória da longa travessia da mãe, a filha pudesse emprestar algum sentido à própria trajetória, e aos bilhões de histórias de vida que haviam cruzado, no mundo real e no mundo das leituras e das fantasias, a sua vida. E um pouco mais que isso. Aquele vazio, que se aprende a encarar na adolescência (misturado aos hormônios, anseios e frustrações), que mais adiante, por longos e longos anos, são recondicionados em diversas embalagens, aquele vazio ficava temporariamente atenuado pela riqueza de instâncias que a lembrança da vela acesa evocava. A varanda abarrotada de lembranças fazia brotar na filha uma leveza, quase alegria, breve homeostase.

Já a vela na discreta mesinha da copa da imensa casa do filho intensificava as ansiedades existenciais imprecisas dele, fazendo-o refugiar-se no escritório situado em outro bairro, onde acreditava conseguir espantá-las. Ou esquecê-las. Ou postergá-las. Assim como na irmã, a condição humana pegava em cheio nele e, à medida que a circunstância da mãe obrigava proximidade maior, cordas adormecidas tornavam a soar. O olhar dele se assentava nas sempre presentes certezas da mãe. Apreciava isso com admiração. Enxergava assim: o substrato que acompanha as decisões é o tênue embate que costuma se seguir entre "será que vale a pena versus não há dúvida de que vale". A mãe sempre sabia, nunca duvidava. E, se a personalidade materna, quase sempre meiga, não lhe merecera grande apreço, com a vela na varanda revia essa percepção: quão determinada ela era. Teria mesmo sido fácil decidir viver sozinha depois de enviuvar? Teria mesmo nunca se aborrecido com o inexpressivo círculo de amizades que frequentou enquanto casada? Teria mesmo nunca lamentado não ter atingido o tal sonho de prosperidade que a ele deslumbrava desde a adolescência? Afogado em dúvidas existenciais, que afinal de contas não costumavam frequentar seu cotidiano, tinha a agradável sensação de ter trazido a mãe mais pra perto. E a irmã, a distante irmã, também. Talvez.

Nos derradeiros três anos as limitações da velha senhora se acumularam. Era recorrente ficar confusa. "Quero voltar pra casa", pedia para a filha que a visitava. "Mas você está na tua casa, veja o samovar." O samovar, lindo, bem cuidado, acobreado (memória familiar de terras distantes), ali sobre o móvel art nouveau da sala, continha os traços esparsos das andanças da família até a definitiva instalação em São Paulo. Inútil para sua função prática (aquecer água e servir chá), fora uma espécie de vitória da mãe sobre os irmãos, na divisão do espólio da matriarca russa. Focando o samovar, sorria, desenxabida, os óculos pesados escorregando nariz abaixo. Olhava o samovar, olhava a filha, voltava os olhos para a televisão na frente da qual agora passava horas e horas, e se calava. Se acalmava. Até lhe voltar novamente aquela aflição de não se reconhecer.

Aos sábados, durante anos, almoçara na casa do filho. Ia sempre elegante, bem trajada, laquê no cabelo impecável. O filho lhe dispensava atenção. Instalava-a na poltrona mais confortável e, se o tempo estivesse aberto, sentavam-se na varanda, de frente para o gramado cuidado. Para retribuir a atenção que ele lhe dispensava, e ela reconhecia quão valioso era o tempo dele, não disparava as queixas de saúde e de outras limitações potencializadas dia após dia. Pescava cuidadosamente temas que pudessem interessá-lo sem lhe causar aborrecimento. (A palavra "aborrecimento" era uma das mais recorrentes na sua linguagem.) O elevador social de seu prédio que acabou de ser reformado. O filho da prima de Santos que mudou de emprego. O sobrinho que lhe fez uma visita. A viagem de uma sobrinha para Sokoron, cidade-origem da família, e localizou o túmulo dos bisavós. Ou tataravós. Cada tema permitia ligeiras divagações, que ele provocava deliberadamente, mais para que ela caminhasse pelas memórias do que por curiosidade sincera. Durante o almoço, ele mesmo lhe fazia o prato, gentil, atencioso, sentado ao seu lado. Era dessa forma que ele aplacava a imprecisa aflição de estar se deparando com um universo estanque, o dela, em que só pedaços da memória dariam algum movimento. Sentia-se levemente responsável pela imobilidade da rotina da mãe. Afinal, fora ela que se impusera essa rotina. Mas oscilava. Teria ela escolha? Não, não teria. A empatia o empurrava para examinar o que ele próprio faria diante da assustadora ideia de se aposentar. A tão almejada, da boca pra fora, aposentadoria. Ah, ele nunca haveria de se aposentar. Como suportaria as horas e horas no sofá em frente à televisão, que era como sabia a mãe, dia após dia, cada vez por períodos maiores. Era então que purgava a culpa genérica dando o braço para ela, num lento passeio pelo jardim ensolarado.

Já fazia algum tempo que ela precisava sempre de um braço que a apoiasse. As intermitentes tonturas, os desequilíbrios, os embaraços que a memória trazia tinham desembocado nessa decisão dos filhos: não dava mais para deixá-la à mercê da sorte. Esse delicado tipo de ajuda doméstica teve várias indicações. Dócil como fora se tornando, aceitou a senhora agitadinha que se expressava num português correto e sabia ler bem em voz alta, deixando-a agradavelmente surpresa. Ficou até contente de poder retomar livros que as grossas lentes já não davam conta de decifrar. A senhora tinha traquejo e procurou embaraçá-la o menos possível, assumindo, sem que lhe pedissem, a tarefa de alternar as longas horas na frente da televisão com jogos de canastra com a vizinha do oitavo andar. Logo que chegou, a senhora soube pelo porteiro que a professora de italiano aposentada, que há décadas morava no edifício, poderia ser uma ótima companhia para as tardes. E lá foi ela organizar encontros e descobrir o que teriam as duas vizinhas em comum, além da idade, das limitações e das longuíssimas horas sem atividade.

Egressa de trabalho em multinacional, a primeira das tantas acompanhantes que desfilaram na vida dela elencava habilidades inesperadas, além da leitura fluida em voz alta. Dona Maricota tinha bom discernimento para escolha de filmes (recorriam cada vez mais à televisão e aluguel de DVDs) e expressava-se num português correto, o que agradava sobremaneira a professora de primário, de tempos áureos, que a idosa senhora tinha sido. Curtia também novelas, e ao longo do tempo foi se aprimorando em amarrar as pontas dos enredos, que a paciente paulatinamente foi tendo dificuldade de acompanhar. Dona Maricota tinha um astral arrebatado: levou luz e melodia à residência melancólica de janelas sempre cerradas. Soube se insinuar com suavidade naquelas zonas delicadas de intimidade, em que os silêncios são imprecisos, os recolhimentos ancorados em lembranças, salpicados de mergulhos nas dores das pequenas perdas. Muito falante, levou a cuidada a conhecer suas vicissitudes, as inúmeras dificuldades que a vida lhe reservara, desde que enviuvara até o presente em que dois filhos, já na casa dos trinta, continuavam nas suas costas. Isso ampliava o mundo da idosa, limitado às esparsas notícias que filhos e netos lhe traziam. Agora, para a idosa, os dois filhos da acompanhante, que nunca vira, tinham vida e um enredo, ocupando um certo espaço em seu imaginário. O tema, que era recorrente, abria as portas para a idosa opinar sobre os acontecidos, com exemplos da própria trajetória e do próprio universo. E então, se estivesse tranquila e focada, punha-se a se contar. Impulso intermitente que uma buzina na rua, um toque de telefone ou campainha podiam definitivamente comprometer.

No início, por falta de prática, estranhou essa intromissão que franqueara. Mas foi um gatilho para, de repente, se perceber falando das alunas que tivera no primário e que anos e anos depois a procuraram com carinhosas aproximações. Lembrava especialmente da japonesinha que se tornara docente de faculdade e confessara tê-la tido sempre como modelo de sua vida profissional. Lembrava das aulas extras diárias, pós-período letivo, que ministrava de graça, numa boa, para alunos com dificuldade em alfabetização. Não conseguiu recuperar os estratagemas que empregara, mas os índices de sucesso voltaram a alegrar sua alma. Falava, contava, ria, se divertia, toda envolvida num clima de felicidade que se estendia pela tarde até que um toque de telefone ou um programa na televisão sempre ligada desfazia a magia. Ao vê-la assim, tão pontualmente alegre pelas lembranças, a filha embarcou na ideia de contratar a psicóloga. A profissional era especializada em terceira idade e seu método era justamente trabalhar com a memória, recorrendo aos álbuns de fotos e fazendo a mente se exercitar.

As coisas tinham mudado. Agora a filha era a mãe da própria mãe, movimento que a filha custou um pouco a identificar. Sabia que a outra dependia dela para quase tudo, mas não era bem assim a ordem natural da vida? A lenta e inexorável troca de papéis? E a sábia natureza das circunstâncias não tinha tão apropriadamente cavado espaço na agenda da ex-filha cujo ninho há muito estava vazio? Era novamente convocada para o ofício de cuidar, de onde fora dispensada anos antes. Estar constantemente exposta a tantas e tão crescentes limitações não era bem o que a filha sonhara para esse momento de vida em que as próprias microlimitações já começavam a comparecer. Mas não era do tipo de se esquivar. O que tinha de ser, seria. O que lhe cabia assumir, assumiria. O irmão não se pusera a ser pai da mãe. Argumentos de várias ordens embasavam essa decisão, que nem era bem uma decisão, pois ele, na verdade, tinha como certo que cabia ao feminino cuidar; e ao masculino, prover. Vai daí a distância confortável em que se instalou, muito bissextamente se expondo às crescentes dificuldades.

Depois da falante dona Maricota, uma sucessão de acompanhantes circulou pela casa, à medida que a mãe se tornava mais lacônica, e silêncios mais longos se alternavam com momentos de comunicação. A psicóloga tinha feito um bom trabalho com todos os dez álbuns recheados de fotos antigas — desde a infância até a celebração animada dos oitenta e cinco anos —, mas o recurso agora se mostrava quase sempre inoperante. Ela não reconhecia mais quem se balançava na balança do parque, quem segurava ao colo o bebê (e que bebê era esse), onde tirara aquela foto com o marido. Qual alguém prestes a se afogar, olhava para o interlocutor com seus pesados óculos de grau quatorze, sorrindo constrangida pelas falhas da memória. Quando mesmo falecera o marido? E as irmãs?

Deu de estranhar a filha e algumas vezes chamá-la de mãe. Ocorreu então à filha, um lance para devolver à progenitora implementos de identidade, resgatando nas estantes do depósito um volume desbotado, amarelado de antiguidade e abandono: seu próprio Livro do Bebê. Professora zelosa, de impecável caligrafia e uma verdadeira compulsão por detalhes, a mãe anotara todas as infinitas situações ocorridas com a primogênita, desde as urticárias, terçóis, joelhos esfolados, braço destroncado, até as pequenas conquistas e as quase notáveis conquistas registradas nos boletins da escola com estrelinhas douradas. As folhas do álbum, denominado A HISTÓRIA DO NOSSO BEBÊ, sistematizavam em subtítulos, página a página, as informações básicas, como peso e altura da recém-nascida, datas das vacinas, primeiro banho, primeiros passos, visitas ao pediatra. Mas a compulsão da mãe com registros logo a fez invadir todas as páginas, independentemente do propósito impresso no subtítulo, com declarações de extremo carinho e detalhes em todas as direções.

Valeria a pena ler as anotações, envolver a mãe na linguagem edulcorada? Seria possível, assim, carregá-la para a pequena casa geminada numa rua de Pinheiros, de onde a menininha de cabeça cacheada lhe abanaria a mão diariamente, quando ela saía para dar aulas? E todas as outras lembranças que a ela, filha, retornaram com a leitura das primeiras páginas do volume tocariam igualmente a idosa sentada no sofá branco da sala cheia de sol? Que efeito teriam? Era o que a filha se indagava, folheando distraidamente as páginas de seu currículo infantil.

E foi assim que aquela descoberta ocasional se somou às outras tantas descobertas escavadas ao longo dos dez últimos anos da idosa, e trouxe para o sofá branco em frente à televisão não só as inúmeras mães que a idosa tinha sido, como as inúmeras filhas que a filha nem lembrava mais ter encarnado.

Como o irmão, que muito se enriqueceu percebendo as complexidades que o tempo e a variação de ângulos fazem aflorar da mais básica das relações humanas (mãe e filho/a), a filha se viu transportada para a esfera das ambiguidades, em que o lentíssimo luto (iniciado com o esfacelamento da lucidez, anos antes da morte) lançava tantas novas luzes. Sobre o que ela, filha, tinha sido e agora era.

A vela na varanda do apartamento dela, assim como a vela na copa da casa dele, celebravam isso e o que mais viriam a descortinar.

REVELAÇÕES

A rua era o território de liberdade. Dela, Joana, e de todos os outros também: Luiz P., Rui, Cris, Tômas, o pequeno Marcel e Luiz Américo, o belo. Mais os eteceteras eventuais importados das ruas transversais. Além, claro, do irmão, que na verdade mais atrapalhava do que ajudava o entrosamento com os meninos. Com as poucas meninas, Maria1 e Maria2, também se entendia muito bem, mas eram bem outras as brincadeiras. Com eles jogava futebol no meio da rua, sem suspeitar que estivesse fora do lugar. Meninas talvez não costumassem jogar futebol naqueles tempos, mas aquela ruazinha de passagem, coberta de paralelepípedos irregulares, quase uma viela, era uma oportunidade inigualável naqueles longes tempos. Longes tempos.

Tinha sustância, amplidão e desejos obstinados, aquela figurinha meio rechonchuda que driblava o adversário com a mesma destreza dos semelhantes masculinos, rabo de cavalo balançando no elástico colocado às pressas. Artilheira quase tão competente quanto Luiz P. e certamente melhor do que o lento Rui, sempre resfriado. Quando a peleja ganhava reforços das ruas transversais, ela continuava sendo uma das primeiras escolhidas. Maria2, que também participava com frequência, ficava no gol. Às vezes, um esconde-esconde antecipava o jogo, até que o quórum necessário fosse alcançado: pelo menos cinco de cada lado. Algo custoso naquela ruazinha de uma quadra só, em que nem todas as casas eram fornecedoras de reservas. Acabavam recorrendo aos aportes das transversais.

O enconde-esconde tinha também seus requintes. Não era assim um corre-corre mequetrefe. Invadir o jardim da frente da casa do vô do Tômas era só o começo. O cordial velhinho, sempre de camisa branca e gravata-borboleta, estava longe de espantar o bando. Mas a cachorrada — três vistosos poodles em guarda ao lado do portão de ferro — amava estrear as camisetas da turma com os dentes e patas afiados. O artifício para prendê-los na casinha tinha toda uma estratégia que ela dominava como ninguém, acenando com um pitéu irresistível: pedacinhos de cenoura. Ninguém acreditava que cenoura atraísse cães, como Joana, por acaso, descobrira. O segundo passo era estabelecer os limites. Aqui pode, depois dali não vale, dependendo da agitação canina que às vezes se tornava ensurdecedora a ponto de trazer a vó do Tômas para a varanda e declarar no seu português carregado: hoje no pode êntra aqui. Mas, se conseguissem evitar essa pequena dificuldade, a brincadeira ficava garantida por uma meia hora. Aquele sem dúvida era o melhor jardim da vizinhança franqueado pra brincadeiras, com árvores copadas e baixas que forneciam esconderijos exclusivíssimos.

Pelo menos até os nove anos, a atividade era a segunda opção vespertina de quase todos, menos de Luiz Américo, o Belo, alguns anos mais velho. (Quando as três meninas alcançaram os doze anos, o Belo se aproximou com mais frequência do grupo, mas com outras intenções.) Assim, o esconde-esconde da meninada, que, como o futebol e a queimada, tornava os habitantes das várias casas da rua "a turma", conquistara a fidelidade deles pela discreta e não formalizada vantagem que oferecia: a oportunidade de cometer suaves ilícitos como relar "sem querer" as partes das meninas, e elas, fingindo-se distraídas, deixarem-se tocar.

Havia aquele cantinho especialmente atraente para as atividades vetadas, que a partir dos onze anos se consolidou como cenário desses lances. Corruptela do esconde-esconde oficial, as escapadas da vigilância dos proprietários franqueavam a essas práticas não aprovadas o fundo do fundo da árvore copada rodeada de cerca viva. O tanto de culpa e de satisfação dependia de cada um. Aos três meninos suíços de família luterana, a coisa pesava. Mas não a ponto de afastá-los. Para o rechonchudo Jaques, um chato, preguiçoso e chorão, tornara-se moeda de troca: ameaçava denunciar a prática aos pais das meninas, caso não o aceitassem na brincadeira — como soía acontecer. Católicos, apostólicos romanos, Maria1 e o irmão, Luiz P., passavam longe.

A verdade é que essas proezas não se inscreviam no território do totalmente proibido, como afanar trocados ou torturar formiguinhas. Os adultos possivelmente as ignoravam. Sendo assim, a tecla da culpa, em Joana e nos vários praticantes, percutia com suavidade. E acabou persistindo um longo tempo, até que a pré-adolescência viesse a descortinar outros avatares. Enquanto durou, junto com o esconde-esconde e o futebol, amarrou um pertencimento que não deixava margem para dores de alma. Que aliás Joana, como os outros, desconhecia.

Havia microestremecimentos quando os boletins traziam notas baixas, ou algum colega de classe não os incluía na lista da festa de aniversário. Pequenas frustrações que um dar de ombros dispersava. No mais, era chegar da escola, desvencilhar-se rapidamente das lições, e correr pra rua. Pra liberdade.

Aos onze anos, Joana (talvez não a turma) já conhecia liberdade diversa, a que se entregava na solidão do quarto habitado por outro universo. O dos livros. Cenários, aventuras e personagens das histórias em que embarcava de mala e cuia, esquecendo escola, lição, esconde-esconde e a turma. Tão mais instigante, emocionante, delirante e envolvente era ir para o Mississipi com Tom Sawyer, viver a Saudade do rincão de Thales de Andrade, os desastres de Sofia, as reinações da Emília, o Coração de D'Amicis. Mais do que pelas aventuras, era tomada pelos altos e baixos dos personagens, imbuídos de sonhos, medos (como os dela), valentias e, o que nunca poderia faltar, conquistas e sucessos.

Na rua, no meio da rua, duas grandes pedras de cada lado delimitavam os gols. O campo ficava entre a casa do pequeno Marcel e a da professora de piano de um lado; do Rui e do Voz-fina, do outro. O Voz-fina era um "velho" de uns vinte e poucos anos, magrela e assustado, sempre debaixo da batuta ostensiva da mãe severa, a que ele reagia espalhando ressentimento à sua volta. Tudo o irritava — os jogos de futebol principalmente —, manifestando o desagrado com olhar feroz e voz esganiçada, meio histérica.

Lutavam ombro a ombro durante a peleja diária: meninos e as três meninas que se revezavam. Todas café com leite. Mesmo se "por sorte" fossem autoras de um golaço. Não era exatamente um estímulo essa atitude masculina, mas também não chegava a melindrar. Fazia parte. Como os outros tantos conceitos sociais que nos meninos, já a partir dos seis anos, estavam incorporados: menina corre menos, menina é muito mais fraca, menina é medrosa.

No esconde-esconde, meninos e meninas se equilibravam, embora no fundo, no fundo, trocando discretos olhares, sem verbalizar, os meninos achassem uma moleza quando o pegador era uma delas. Vez por outra, brincavam de amarelinha na calçada do vô do Tômas, o único que topava "aquela sujeirada toda". A brincadeira era quase que uma concessão às meninas, pois, sendo eles muito mais atabalhoados e, portanto, incompetentes, viviam pisando nas riscas.

Na vida da turma não cabiam elucubrações sobre o que eles pensavam delas e vice-versa. Conviviam com o que brotava do desempenho de cada um nas atividades. Simples assim. Não como na escola, em que as meninas se dedicavam a estratosféricas apreciações mútuas, com base em valores bem precisos: a mais vistosa, a que tinha brinco mais descolado, a mais sabida. Na turma, todos eram neutros, a menos que se tratasse de competição séria de futebol, em que Luiz P. arrasava. Ou da modalidade mais recente — salto com cabo de vassoura —, em que o herói era o Afonso da rua de baixo.

Não dava a menor bola para "aparência" — mais tchans-menos tchans — aquela meninada que toda tarde avançava rua abaixo, rua acima, pelas calçadas, pulando os muros baixos das casas, correndo solta pelos paralelepípedos. Tempos em que os pais e avós eram levados em consideração, aceitos e respeitados, cada um com sua peculiaridade — e só raramente, muito raramente, desobedecidos.

As transgressões ocorriam quando as regras afrontavam desejos pessoais muito intensos, como interditar chocolate antes do almoço ou televisão além do horário.

Pois foi de repente que sumiu essa anuência às normas formuladas e gerenciadas com serenidade pelos adultos. Sumiu, pluft, evaporou-se, assim que beiraram os onze anos. A ficha caiu: um a um, deram-se conta de que eram entidades autônomas, caramba, como não tinham se tocado antes? A brandura se extinguiu. Foi o primeiro estremecimento pra valer, na nobre missão paterna de EDUCAR.

Cada família tinha suas rotinas, suas normas, mas as dinâmicas acabavam sendo bem parecidas. Para Joana, o mais remoto procedimento que a memória registrou dizia respeito aos óculos, prescritos aos cinco anos. Ninguém tão jovem usava óculos, e a descoberta de um estrabismo suave conduziu às lentes e armação. A princípio não reagiu ao aparato. Os óculos redondos de aros pretos traziam todo um charme para sua vida. Era distinguida no recreio (tinha de usar na escola pelo menos por duas horas) como "a menina de óculos". Sem pecha alguma. Não incomodava e até dava um certo status de aluna aplicada. Principalmente no primário, quando se esmerou em ser a primeira da classe pra merecer estrelinha no boletim. Essa era a parte boa. A parte chata eram os cuidados obrigatórios. Nas atividades da rua, tinha de apoiá-los com cautela no murinho de casa, para não correrem o risco de alguém esbarrar e jogá-los no chão. E lembrar sempre de resgatá-los no fim do dia. Limpá-los constantemente com água e sabão era meio que um trampo, porque só lembrava disso na hora de sair pra rua, a parte melhor do dia. E guardá-los no porta-óculos seria moleza, se ela recordasse onde tinha largado a caixinha.

Toda a boa vontade para com os óculos e os exercícios que acompanharam o tratamento do estrabismo evaporaram quando um dos meninos suíços disse rindo que ela era vesga, feito o palhaço da tevê caretudo e bobalhão. O insulto pegou de leve. Magoou na hora, fingiu que não era com ela, no que lhe foi muito útil a solidariedade feminina de Maria1 e principalmente Maria2, que se tornara sua melhor amiga. Restou uma ligeira aflição, misturada com a sensação que o espelho lhe transmitia nas rápidas vezes em que se dava conta do rabo de cavalo improvisado, ausência de brincos, a cara lavada. Nessas raras ocasiões se examinava de um lado, de outro, inclinava o rosto, punha-se a reparar. De leve.

As brincadeiras sempre se reinventando. O futebol curvou-se à necessidade de um juiz (que ninguém queria ser) e um bandeirinha (a princípio o pequeno Marcel). O esconde-esconde invadiu outros domínios e o jardim do casal de artesãos húngaros, vizinhos do vô do Tômas, deu uma incrementada na atividade. A propriedade tinha uma cerca viva centenária com árvores altas e cobertas de folhas que potencializavam os esconderijos. Agachados no escurinho atrás dos troncos, obrigavam o pegador a um trabalho mais demorado.

Estavam crescendo. Todos. Joana também, é claro. Maria2 e ela estreitaram o vínculo, e agora tinham maior consciência de que "eles" eram diferentes delas. Eram descuidados na aparência e na higiene. Não tinham propensão alguma para trocar segredinhos, competir no âmbito das maneiras, desembestar na ciumeira. Eles não. Elas? Nunca sairiam de casa com camiseta manchada do feijão do almoço ou cabelo espetado por terem dormido com ele molhado. Nunca, elas.

Entremeando com isso, pitacos de algo envolvente, atraente, irresistível que fugia aos cânones dos adultos. Os fugazes toques começavam a ganhar novos significados e ainda mais quando Luís Américo, o belo, nos seus quatorze, quinze anos, pôs-se a atrair as três meninas para seu território livre, o "salão" — uma edícula em cima da garagem. De janelas amplas e convenientemente defendidas por persianas, oficialmente era o lugar de o Belo fazer lição e treinar violão. Maria1 e Maria2, por razões diversas, não se encantaram tanto com a brincadeira. Mas Joana, sim.

A consciência da contravenção agora desencadeava em Joana sentimentos conflitantes. Infringir o que deveria ser a regra, desobedecendo a algum dos infinitos pequenos cultos da família, era uma revigorante sensação de liberdade. Acrescia-se a isso a experiência com um novo prazer. Um prazer que a cada repetição renovava a excitação, à qual era absolutamente impossível resistir.

Plena ebulição dos hormônios, alvoroço que tinha início bem antes de galgar as escadas do "salão", quando se preparava para a visita e se renovava a cada lembrança dos episódios anteriores. Só que a transgressão arranhava a felicidade, e, no meio do folguedo, brotava sempre aquele sufoco, aquele mal-estar feito de culpas. Então baixava o facho, empapava-se de ansiedade e medo e no mesmo instante se comprometia com boas intenções. Mesmo sabendo, lá no fundo, que na semana seguinte estaria de volta.

Luís Américo, o Belo, pairava sobre a turma como um ícone de indubitável prestígio. Meio que pela aparência, meio que por ser mais velho, era reverenciado. E assumia, com fidalga displicência, a superioridade que lhe confeririam. Note-se que não se qualificava na outra categoria que concedia status: era aluno sofrível, sempre sujeito a segundas épocas e tendo de mudar de escola frequentemente para escapar da repetição. O ar blasé com que lidava com o assunto "escola" acabava por desestabilizar a distinta plateia. Sim, porque ninguém amava perdidamente de amor deslavado a compulsória de assistir "n" horas de assuntos sacais, nem realizar diligentemente as lições de casa. No mínimo, a atitude do Belo balançava as certezas, acabando por oscilar seu prestígio, conforme o dia e as circunstâncias.

A essa turbulência, Joana permanecia isenta: seu inalterável encantamento ficava por conta dos olhos verdes, daquele ai-sorriso-de-alvos-dentes, reforçados pelo perfume pós-barba quando ele escanhoava a meia dúzia de pelos do bigode. Ah, os hormônios destrambelhados, sempre eles. Sempre eles ordenando-lhe galgar docilmente os degraus da escada do salão, na cota de prazer que ela se permitia, depois de terminada a lição, o treino da partitura de violino (que tolice ter trocado as aulas de piano pelas de violino) nos dias em que não havia balé.

O salão ficava atrás da casa, em cima do tanque e da garagem. Para as visitas, havia que ter sempre um pretexto patrocinado pelo Belo. Assistir a ele tocando bateria era o mais frequente. Havia um ritual: depois de uma breve apresentação, dedicavam-se às apalpações, Joana sentada no colo dele, ele bravateando encontros com "mulheres experientes", "velhas como ele", cujas habilidades o Belo ia lhe transmitindo em conta-gotas, aplacando sua ignorância.

Se a ele o procedimento acrescentava a sagração de poder, nela reforçava a submissão. Esse mundo desconhecido e fascinante que ela não dominava e ele, generosamente, estava disposto a compartilhar. Concomitante, Joana ia alimentando a quimera de estar formando com o Belo um vínculo especial. Escondido da turma. Escondido dos pais. Absolutamente sedutor.

Maria2, a vizinha confiável e confidente, não sabia dessas excursões. Joana, sem atinar bem por quê, decidira não contar. Tinha a leve e pouco clara sensação de quê, descoberta a "atividade", estaria se expondo em demasia, dando munição ao hostil, abrindo algum impreciso flanco.

Ainda que apenas vislumbrasse, o lance com o Belo era sua primeira grande transgressão à implícita ordem geral da turma. Atordoante: mentir e omitir vertiam culpa e deleite. Fazer parte do grupo — da rua, da escola — tinha sido e continuava sendo meta. Fora nesses quereres que os aguilhões da família haviam encontrado sustento. Mal ou bem; sutil, mas decisivamente. Os laços com os pais, que amparavam seu equilíbrio, mas apontavam claros limites, eram alvos de tênue insatisfação. Que chatice as tantas "coisas certas" a que tinha de obedecer, sem que suas objeções fossem consideradas. Era assim, tinha de ser assim, ela e o irmão tinham de se curvar. A dependência decorria daquela ansiedade ancestral de se sentir absolutamente vulnerável se não contasse com a bênção de pai e mãe.

Foi, portanto, aterrorizante o surgimento de Artur nessa história do salão. Na rua, as casas de murinhos baixos e portão destravado eram evidência da livre circulação. Campainha pra quê? Se todos se conheciam e nenhum estranho circularia pela rua que, como foi dito, era quase um beco. Isso antes do Pedro-homeless instalar-se no açougue abandonado e deteriorado, ali desde sempre, cujo corredor era a melhor opção para o jogo de queimada.

Pois num final de tarde, estando Joana e o Belo a se dedicar ao folguedo predileto, eis que Artur abre a porta do salão e com cara de manso diz: vim convidar o Luís pro meu time de futebol. Evidentemente era uma farsa, um pretexto sacana, porque Luís NUNCA jogava futebol.

Tinham sido apanhados. Ou melhor, ela tinha sido apanhada, danou-se. Artur era irmão mais velho do Jaques, o gorducho, e, como ele, exímio em humilhar e pisotear sutilmente os outros, quando cavava uma ocasião. E haveria melhor ocasião do que flagrar uma menina em atividade tão transgressora? Com o irmão Jaques, Artur rivalizava em tudo, sempre vencendo por ser mais alto, mais bonito e mais velho. Só se uniam para as pequenas chantagens tão divertidas, como essa de deixar Joana atolada de ansiedade, "aguardando instruções".

Durante as semanas seguintes, suspensa a "atividade", Joana padeceu de incertezas. Iria Artur relatar à mãe, que prontamente comunicaria aos pais dela? Iria ele compartilhar o flagra com a turma, ampliando a humilhação e potencializando as consequências? O que Joana já sabia é que iria ficar mal no retrato. Muito mal no retrato. E nada, nenhum prazer, justificaria isso.

No umbral da adolescência, as discretas progressões promoviam incríveis diferenças: a opinião dos outros agora importava. Os outros eram as colegas (e não "os" colegas) da classe e a turma da vizinhança. Eram instâncias diversas que funcionavam de maneira diferente. O juízo que Sônia, Patrícia e Vivi, as proeminentes líderes da classe, adotavam tinha critérios exigentes, que Joana desconfiava nunca conseguir contemplar. Não tinha aquela alegria retumbante e leve que enchia de ondas sonoras o recreio em volteios sucessivos. Não contribuía com ideias mirabolantes e divertidíssimas para atropelar alguma incauta colega. Muito menos tinha acesso a bijuterias e camisetas extravagantes que atraíssem retumbante inveja. E, sem todos esses pré-requisitos, como ser aceita no grupo que girava em volta delas? De cada uma delas, pois cada uma tinha suas próprias admiradoras.

Já com a turma, o lance era outro. Quanto mais invisível e neutra, melhor. Por isso, desconsiderar as indiretas de Artur foi a missão das semanas seguintes. Os garotos eram muito menos astutos pra sacar entrelinhas do que as meninas. E Artur, por incompetência ou constrangimento, apenas fazia gracinhas quando ela aparecia, mas não punha os pingos nos is, não dava o nome aos bois.

Acontece que, agora, a participação dela nos times era bissexta. Aquela competição que implicava trombadas, puxões e empurrões fora desestimulando as meninas. Bem melhor então — suspensas as visitas ao salão do Belo — era fechar-se no quarto, colocar um long play na vitrola e abrir um livro. Ou conversar pelo telefone com a melhor amiga, a Ana, que conhecera nas férias em Santos e, por sorte, estudava na mesma escola. As conversas eram longas, pois agora havia uma nova distração: pensar-se. E principalmente pensar nelas, nas outras, nas que tiravam notas mais altas, nas mais ousadas e, sobretudo, nas mais desencanadas. Ou que assim pareciam. Mais desencanadas, mais leves, sempre em bando, sorridentes e articuladas. A percepção de inadequação ditava apenas uma pontinha de inveja.

Coisa nova no pedaço. Até então, a majestade das três campeãs de popularidade — Sônia, Patrícia, Vivi — apenas incomodava. Ligeiramente. Fingia não perceber que as tentativas disfarçadas de se aproximar e de acertar o passo eram ignoradas. Tantas outras sofriam o mesmo escanteio, não se sentia propriamente perseguida. Diluía a leve frustração no álbum de recordações que vivia debaixo do braço ou nas dissertações de português que curtia fazer. Ou nos desenhos que fazia com destreza.

Mas um dia, sem razão aparente, o mundo amanheceu de ponta-cabeça e tudo ficou pesado. Ela se deu conta de que o que despejava nas longas conversas com Ana não podia ficar na pura queixa misturada com ressentimento disfarçado. Estava se olhando no espelho do banheiro, naquela manhã, quando a ficha caiu. Aquela figura que a encarava era bem desastrada. Só naquela semana já tinha fincado a perna no portão, destroncado o dedo ao cair da bicicleta, quebrado o trinco do armário, deixado o periquito fugir da gaiola, perdido um brinco e tirado nota baixa em matemática... Merecia — não merecia? — ser esnobada no recreio pela turminha da Sônia. Assumir então sua total e irremediável ruína, sua desconfortável ruína, foi o desenlace óbvio. Justificava-se totalmente o menosprezo geral. Ó céus, ó vida. A autoestima desceu das alturas (onde nunca permanecera por muito tempo) e se alojou no fundo do fundo do poço.

Todas as pequenas conquistas não valiam nada agora: ser a melhor artilheira da rua, conhecer os melhores esconderijos, ter lido mais livros do que qualquer um, desenhar superbem, ter continuamente boletins invejáveis (apesar das bobeadas em matemática)... Tudo isso não valia nadinha, nada, se não servisse para sensibilizar Sônia e acertar o passo com seu invejado séquito. Mas se nenhuma das mandonas se dignava a repousar os olhos nela na classe ou no recreio... Ela era invisível. E agora Joana se via com os olhos delas.

Surgiu, sem que se desse conta e concomitante a mãe e pai deixarem de ser baluartes, uma penca de dúvidas e anseios. Com a nova melhor amiga percorreu as recentes percepções. As elucubrações existenciais compartilhadas substituíram o diário em que seus dedinhos, a partir dos oito anos, registraram suaves e menos suaves impressões.

Foi o início. Desde então, alargaram-se o enclausuramento e o silêncio.

O resguardo repercutiu em sucessivas revelações.

E só muito mais tarde, dezenas de anos depois, foi ela atinar como se deu a construção do resto do caminho começado ali.

Revelações.

Infinitas revelações.

DESCOMPASSO

Nunca que haveria de reconhecê-lo, assim de cabeça raspada, óculos, aquele meio sorriso sempre no rosto. O agito no salão do clube lotado, formando rodinhas em torno de esculturas em bronze, cerâmica e aço escovado, aquelas paredes todas cobertas de aquarelas de paisagens paradisíacas não permitiram identificá-lo. Ciro passou desapercebido. Os trinta anos de carreira de Joana celebrados com competente curadoria trouxera gente de longe. No tempo e na distância. Margô, a curadora, cursara Comunicações como Joana, e como ela se encaminhara para as Artes. A qualidade da exposição justificava a afluência e o burburinho. Tantos reencontros, tantos abraços encorajadores, tantas lembranças aflorando.

Ele apareceu sozinho, percorreu os quadros da parede sem falar com ninguém. Olhou-a de longe, hesitou.

Tudo naquela noite foi surpresa para Joana. A começar pela ideia do evento, sugerida por Margô. Por quê? Para quê? Quem era ela para mobilizar o salão do clube luxuoso e tradicional, com suas criações tão pouco convencionais?

Insegura. E mesmo seu entusiasmo em participar da exibição... Tímida desde sempre, deixara-se levar pela animação da sempre animada outra e curtira criar lista, recuperar endereços de e-mails, selecionar as obras... Percebeu, lá pelas tantas, o alcance infinitamente maior que era celebrar trinta anos de pé na estrada. Muito mais do que arregimentar trabalhos diversificados de épocas várias, via-se a percorrer sua trajetória de vida. Quem fora, por onde andara, caminhos, desvios, sacolejos, trombadas, alegrias, gratas surpresas... etc. etc. etc. Enriquecera-se.

Além dos conhecidos e amigos, o contato com a parentela. Aquele primo que compartilhara brincadeiras de infância e raramente via. Aquela tia animada, que não entendia lhufas de quadros e esculturas, mas não perdia agitos. A filha mais nova da prima, aspirante a artista plástica/ilustradora de livros infantis/autora de histórias em quadrinhos que desde a adolescência não via Joana, mas não pudera, claro, deixar de prestigiar a celebração. (Afinal, eram colegas de métier.) Além daqueles todos que frequentavam o clube, tinham visto a badalação e não resistiram a fuçar.

Ele não era propriamente tímido. Era cauteloso. Estudava atentamente o terreno. Buscava entender as circunstâncias. E em hipótese alguma agia impulsivamente: a rígida educação europeia desaconselhava. Aceitou um copo de suco de uva e perscrutou as várias rodinhas. Estudou de qual se aproximar.

As crescentes emoções da noite colocaram Joana em órbita. Era ela e o impacto de suas obras numa reflexão inédita: como chegara até ali? Como a linguagem (sempre figurativa) de paisagens e naturezas mortas se transmudara, acolhendo dúvidas existenciais? Os plácidos lagos rodeados de montanhas verdejantes, que ela conhecera basicamente por cartões-postais e mais tarde por passeios pela internet, tornaram-se cenários de perfis enigmáticos, pensativos. Soturnos? Não, soturnos não, talvez inconformados com o que a paisagem prometia desvendar e a figura não conseguia alcançar. Os segredos indecifráveis por trás da aparente mansidão. O que será que as obras transmitiam a quem percorresse essa exposição e as outras, pontuais, que já fizera? Ou as galerias que as obras tivessem frequentado — inúmeras, todos esses anos? Não que tivesse se perdido em elucubrações sobre o próprio fazer. Buscara o belo no início, disso tinha consciência. Mas quando esse veio se esgotara, ou ela se cansara dessa limitação, percebera, sim, que buscara algo na linha da Comunicação. Tivera consciência de que, ao pintar ou esculpir, o belo era só parte da busca. Anseio de comunicar era o ingrediente presente.

As dúvidas existenciais trouxeram de volta outras épocas, outras eras. Amores explodidos, amizades profundas, sonhos abandonados, ansiedades...

A começar pelo seu fazer. O jeito que foi encarando seu ofício. A displicência que lhe conferiu de início um hobby descartável nas entressafras de empregos. Em finais de semana vazios. Após namoros descarrilhados.

Até que se dera bem nas várias agências de publicidade em que se revezara depois de formada. Era estimulante transformar em imagens mensagens geradas nas longas e exaustivas reuniões de trabalho, que avançavam madrugada adentro. Uma boa noite de sono e sempre pululariam ideias imagéticas para atender ao desafio. Isso até que a rotina de uma profissão tão avessa a rotinas caísse na repetição de procedimentos e instalasse o velho tédio. O velho tédio da adolescência, danado do tédio que, sabe-se lá como, enroscava-se na aflição de ver tudo se repetindo, repetindo, impotente para agir.

Nos primeiros anos — começara aos vinte e dois — brincar de desenhar e pintar aquarelas à la Van Gogh era algo bem despretensioso. [Van Gogh fora o primeiro deslumbramento da adolescência. Em livros mil e alguns museus percorrera, fascinada, as pessoas e paisagens desconstruídas em pequenas pinceladas com graduações de cores e tons. Como aqueles quadros conseguiam rodear o espectador a partir da impressão que as pinceladas promoviam? Fascinante. Fascinante.] Pois então aos vinte e dois anos, sem qualquer ambição, atreveu-se a percorrer alguns caminhos que vislumbrara. Fez mais: abstraiu a produção do artista e foi atrás da biografia, a trágica biografia. Engalfinhou-se — o termo era bem esse — com a vida torturada do pintor, como uma espécie de anteparo à sua. Como forma de escapar dessas armadilhas que as incertezas, ausências e vazios ameaçavam gerar.

E deu certo, frutificou: de repente se viu visitando lojas de materiais artísticos e extrapolando temas. Tipo aquele velho postal, que encontrara numa caixa esquecida na casa do pai. Alguém lá nos muito distantes enviara da Europa, com imagem desoladora: um adolescente magérrimo, de olhos grandes, caminhando de mãos dadas com uma garotinha entre os escombros de uma rua. Todas as ilações que a cena desencadeava nela levaram para uma nova vertente, um universo que, claro, já conhecera nos livros de História e nas histórias de bisavós, mas nunca realmente havia habitado sua atenção.

A presença de Ciro naquele vernissage foi meio que um conto de fadas. Coisas da internet. Depois da infância, Joana nunca mais o vira. Mudara de cidade na adolescência e de país depois de casado. Ele estivera fora nos últimos vinte anos. Os filhos já tinham tomado rumo, o casamento há um tempão fazendo água, ia levando. Uma amiga de infância, vizinha da viela onde ele nascera, encaminhara-lhe o convite da exposição. A vizinha agora morava no interior, não iria ao evento, mas repassara a notícia via Facebook. Ciro tinha viagem planejada para São Paulo, ficou curioso. A verdade é que mal e mal se lembrava de Joana. Sim, era a menina de rabo de cavalo que morava na casa em frente e jogava futebol na rua com os meninos. Os outros meninos, pois ele não entrava nessa. Filho de europeus rígidos e introspectivos, não gostava dessa coisa de se engalfinhar atrás de uma bola, ralando joelho, gritando palavrão e digladiando furiosamente depois de um gol considerado injusto.

Mesmo não se sentindo tão próximo ficou tomado de enorme curiosidade, aquela perene vontade de saber o que levara alguém a escolher determinado caminho, mesmo os convencionais. E como teria se dado o percurso. Era sempre muito enriquecedor. Gravava no fundo da memória essas histórias de vida, pescando-as com enorme eficiência, nas mais diversas situações. Embora inconfessado, era este então o plano: recuperar Joana, com as reminiscências da viela nos idos da primeira infância.

Joana dera novo rumo à vida quando passou a empilhar livros infantis para ler para os filhos e descobriu que ilustrar as historinhas que também inventava poderia ser algo divertido. Essa experiência entupiu a varanda com lápis de cor, canetinhas e estojo de pintura, caixinhas de pasta de dente, garrafinhas, barbantes, embalagens de leite e requeijão. E lá se foram os quatro (ela e os três filhos) a criar maquetes e cenários caprichados, uma farra que absorvia e relaxava tensões.

Olhando para trás, o que raramente lograva, fora uma bela de uma atividade (embora intermitente) em meio à rotina carregada das crianças e a dela, com emprego fixo das oito às seis. Ainda assim, ela plenamente e os três vagamente percebiam estar construindo algo prazeroso, um vínculo. Gota a gota.

O fato é que, nessa época e por mais de vinte anos, Joana não fora singular. Fizera parte de um todo, uma das cinco pessoas que habitavam o mesmo teto e conjuminavam ações. Com a ressalva de que lhe cabia ordenar tudo e assumir a operacionalidade. Logo ela, tão sagitário, tendo um custo tão grande para compor rotinas e horários. Supondo que a realidade da chamada família fosse a inevitável circunstância, o inusitado é que Joana sequer deu de ombros, sequer cogitou as alternativas. Estava feliz em viver cercada de urgências e existências em construção. Aquela solidão, aquele vazio nascido na adolescência davam uma trégua. Era o que lhe aflorava.

Pois nas primeiras três ou quatro décadas de vida só se olha pra frente. De vez em quando se espia pros lados, compara-se, tenta-se compreender e dar significado para as ocorrências que transitam pela casa. Casa no sentido metafórico: vida de família, laços fraternos, ajustes e desajustes, disputas, afetos mal-ajambrados. Não havia tempo para grandes reflexões muito à frente, o que dizer das do passado. De vez em quando, um telefonema (de telefone fixo, claro) trazia pra perto uma remota prima, e eram quinze minutos de pura alegria e distração, encerrados e esquecidos ao clique do desligar. Arrolavam muito de Presente, um tanto de Futuro, Passado deixavam em brumas.

Mal ou bem, o jeito de Joana se dizer era através do pincel. O fortuito pincel no final do dia, depois de a tribo silenciar. E o resgate era feito com alegria e um tantinho (não muito expressivo, é verdade) de culpa. Talvez devesse estar dobrando camisas ou ligando pra mãe.

Os quadros então, sempre de pequenas dimensões, copiavam fotos casuais de temas abrangentes. Bicicletas trafegando em ruas arborizadas. Postes de luz em meio à chuva. Plantações de cana rodeadas de montanhas. Sol entre nuvens e um avião ao fundo. Que o resultado fosse agradável, intenso, era tudo que queria. Que o olhar repousasse, pousando na tela. Ia pra cama meio que vingada, quando dava o quadro por terminado. Não sabia bem por quê.

Ciro experimentou grandes emoções naquela noite. A primeira foi o fato de participar de um vernissage, o que nunca, até aquele dia, tinha ocorrido. Verdade que recebera um que outro convite, tanto no Brasil como na Europa, onde vivia há duas décadas. Mas jamais tivera a curiosidade de comparecer. Chato. Ver o quê? Quadros? Pinturas abstratas que não conseguiria significar e não lhe causariam qualquer impacto com sua "harmonia" ou "perfeição"? Para ele, quadros eram enfeites preenchendo o branco das paredes, alegrando ambientes com cenários coloridos e leves. Pra relar os olhos e esquecer.

A outra emoção que a noite lhe emprestou foi rever Joana. Não a menina meio impositiva que brincava na rua com os garotos — tão agitados — e as duas ou três meninas tão tímidas. Mas essa que circulava há tempos nas mídias, dava palestras em museus, irradiava uma figura pública descontraída tão diversa da que ela lhe evocava. Essa discrepância, que garimpara na internet, tinha sido seu ponto de partida para visitar variadas lembranças de infância. A começar pelo simpático beco por onde poucos carros trafegavam e consequentemente se prestava a "campo de futebol", raia de queimada, pista de pega-pega e trilha de bike, então conhecida simplesmente por "bibicleta". Ciro fora sempre meio que um colecionador de reminiscências. Um de seus esportes favoritos era enlaçar e puxar pro passado fatos do presente que se prestassem a isso. Bobeou e lá ia ele "lembrando"...

Assim, quando a notícia do vernissage lhe chegou por vias tortas da internet, coincidindo com uma viagem bate-volta ao Brasil, não resistiu a esticar o itinerário até São Paulo. E lá foi ele se abastecendo d'antanhos, gentes, flashes de acontecidos, mais gentes, tantas gentes. Os três garotos suíços vizinhos da casa de Joana, por exemplo, que tinham sido muito amigos seus, pela coincidência das origens: se inteirou de cada um dos três, pescando o mais velho pelo Skype (morava em Luxemburgo), o do meio por vias profissionais (era engenheiro de uma usina) e o terceiro cruzando numa feira regional. Solitário, sem família e sem trabalho por anos, o caçula da família suíça tinha voltado à aldeia de onde saíra o pai que por coincidência era vizinha de onde ele, Ciro, morava. Resgatou via Face também Maria, a loirinha um ano mais nova, que fora sua primeira namorada.

E onde ele, Ciro, se situava nessas "recuperações"? Ah, sacava perfeitamente a bagagem enorme de acertos e trombadas que o trouxera até aquela noite. Vieram-lhe, então, pitacos de lembranças que acompanhou com a autoindulgência de sempre: o ótimo emprego que seu perfil poliglota lhe facultara e que seu pouco apetite pela competição lhe surrupiara rapidinho; os incontáveis endereços em que as constantes mudanças de emprego iam assentando-o com mulher e filhos; os tímidos e sempre frustrados desejos de escapulir de onde estava... e tantas outras recordações dessa mesma linhagem que, claro, não lhe valeram mais do que um meio sorriso e um copo de chá bem gelado.

Nada disso o acompanhou ali no grande salão apinhado de entendidos de arte (é o que ele imaginava) e amizades variadas (é como qualificava quem no seu entender não tinha cara de artista). O que ele pensava era como haveria de se apresentar à Joana — não tinha feito qualquer movimento na direção de um contato todos esses mais de trinta anos de afastamento. Ela nunca o reconheceria nesse homem de meia-idade, calvo e um tanto arqueado que agora a olhava por cima dos óculos, sorridente e tão tímido.
— Oi, Joana...
Pois ela, um breve instante sozinha, mirou-o com simpatia e curiosidade:
— Oi... eu...
— Não lembra de mim? — ele todo de sorriso aberto, claro que não lembraria.
— É... não sei... de onde?
— Da rua... — e aí ele citou a viela da infância nomeada em homenagem a um italiano desconhecido e alguns anos depois rebatizada com um nome muito mais sonoro: Beco da Sabedoria.
Joana sorriu e vasculhou aquele rosto sorridente, notando que os dentes da frente eram bem separados e não havia um só pelo em toda a cabeça. Quem seria? Quem seria?

Mas a abertura de uma exposição comemorativa de trinta anos de carreira não é exatamente o lugar ideal para desvendar esses mistérios e ela driblou o embaraço com um sorriso acolhedor, seguido de um "...ih, licença, estão me chamando ali".

Ciro ficou empacado na inércia. Não queria ir embora, mas não sabia onde se enfiar naquele salão apinhado. Buscou alguma figura avulsa, não demasiado jovem, com quem pudesse emparelhar e trocar comentários pertinentes à ocasião. Postou-se em frente daquele quadro meio brumoso que lembrava Constable, examinando os detalhes, e aguardou que a senhora de azul se aproximasse. Não entendia xongas de arte, mas gostava de John Constable desde que identificara em quadros dele cenários que bem caberiam na aldeia de seiscentas almas em que vivia. A senhora de azul não era feia nem bonita, e vestia-se com charme, um lenço displicente no pescoço, óculos grandes e chamativos. Calculou que tivesse alguns anos menos do que ele. Era a prima carioca de Joana. O plano deu certo: em pouco tempo estavam trocando informações mais ou menos pessoais.

E foi assim, fazendo hora pacientemente, que ele se manteve ali mais um bocado, até que o salão fosse se esvaziando e Joana ficasse novamente acessível. Paciência era seu forte.

Impaciência era a marca dela. Estava cansada e agitada. Entre a multidão que a noite atraíra, duas escolas haviam transportado adolescentes que havia acompanhado em visitas a museus, num projeto voluntário que desenvolvia há anos. Tivera de se desdobrar em várias linguagens e tons, e isso sugara seu (em geral) tênue equilíbrio. Estava sentada num canto, acertando os ponteiros com a curadora e agente Margô, louca pra chegar em casa, tomar um banho e pegar num livro.

E eis que lá veio ele atravessando o salão vazio, aquele sorriso, a camiseta branca aflorando no colarinho da camisa xadrez. E os óculos.

Convidou-a para uma cerveja no bar do clube, afinal eram só nove horas. E foi assim que, depois de tantas décadas, localizaram-se mutuamente no tempo e no espaço.

Nas semanas e meses seguintes, foram as coincidências que os aproximaram. Mais do que interesses e tendências comuns. Casamentos antigos, o dela desfeito há tempos, o dele em fase de desmanche. Filhos com ninhos próprios, espalhados pelo mundo. Um punhado de netos muito amados, em plena adolescência, fase em que se ama de longe ancestrais e pessoas de mais de trinta anos. Para ambos, naquela altura da vida, aquilo que as circunstâncias haviam mantido como hobby tinham passado pra primeira divisão, ocupando horários nobres.

Ela abandonara empregos e depois freelances em agências de publicidade e editoras, agarrara os pincéis. Ele largara as consultorias, e se empenhava em estudar roteiros de caminhadas pelo interiorzão do país. Não o país europeu em que vivera com a mulher nos últimos vinte anos, mas o país para onde estava voltando, atrás do sol e das cores e das árvores sempre copadas. Aquele país acolhedor de vegetação exuberante onde passearia sua imensa curiosidade pelas espécies de plantas e animaizinhos selvagens, habitantes de cenários inóspitos.

Joana percebia, divertida, como permutar narrativas preenchia bem o tempo e a solitude. Como ter tanta bagagem de vida tornava interessantes pessoas tão diferentes dela. Como o amadurecimento permitia novos olhares a pessoas tão diversas, e como esses olhares enriqueciam fatos. Meditativa, antes de transferir as "descobertas" para os pincéis, rodeava os acontecidos quase como se fosse um filme em branco e preto, sempre em branco e preto e muito cinza que o esmaecido da imagem lhe evocava passado, memória, o "não mais". Além disso, no caso específico desse novo encontro, quantas mil histórias foi tendo de conhecer, porque, para Ciro, cada centímetro de suas percorrências provocava casos que passaria a rechear com humor para poder prender a atenção dela. Era seu estilo. Seu jeito de se infiltrar, de abrir as portas do próprio casulo e de palmilhar o outro.

Nos primeiros meses, alternaram encontros virtuais com presenciais, quando ele voltava ao país para cuidar da mudança definitiva. Era um plano que Ciro alimentara por muito tempo, quando não conseguiu mais se furtar ao chamado do sol e da alegria brasileiros. Pelo menos era como ele se explicava na ocasião.

Assim, a profusão de e-mails, Skype e WhatsApp que se seguiu estreitou as distâncias. De mala e cuia de volta ao Brasil alguns meses depois do vernissage, Ciro passou a morar em outro estado, bem longe dela. E a internet (da qual ambos eram aficionados) continuou mantendo-os próximos, estimulando o crescimento de um tipo de intimidade. Aquela que fala a mesma língua com sotaque diferente.

Joana tinha tido variadas atitudes com relação a parcerias amorosas. Como todas as garotas da sua estirpe, aprendera que constituir família era função imperativa. E, para tanto, havia que buscar um alguém que topasse se amarrar num projeto de longo prazo que exigia (em linguagem moderna) um bocado de investimento. Já naquele tempo não era fácil. O investimento da parte dela não foi menor do que seria o do eventual parceiro. Abrir mão e postergar sine die sonhos, desejos, voos, silêncios. Tudo, enfim, que compunha a noção de liberdade que vagara até então no seu universo.

Aquela propulsão para a sabedoria oriental que passava pela ioga, meditação e outras panaceias milenares e a atava a gurus de outras terras teve de ser postergada. Até ensaiou uma viagem sem data de volta à Índia — mas, cheia de culpa, retornou dois meses depois. Tinha aquela primeira missão, não podia se furtar.

Assim, a questão da parceria, para Joana quase cinquentona, teve alguns curiosos e variados enquadramentos. De início alimentou a absoluta convicção de que, saindo de um esquema tribal, não teria qualquer dificuldade em entrar em outro. Abriria mão de anseios pessoais, sem problema. Por quê? Ora, porque estar acompanhada era um baita status. Um acompanhante masculino em festas, programas culturais e demais agitos era triunfo invejável. Isso mesmo: conseguir atrair uma pontinha de inveja, e a isso simplesmente dar de ombros, fazer isso sem grande esforço, era proeza valorizada. Só que, fora do mercado há mais de vinte anos, ela não estava devidamente preparada para o preço que teria de pagar.

Quanto a Ciro, em meio às várias mudanças de endereço, cultivou sempre o equilíbrio nas expectativas, o humor sereno, e o olhar voltado para fora, para a frente, para cima, cortejando o novo. Nem se importou quando as várias pequenas derrotas, como perdas de emprego, emperramentos profissionais, contrariaram o que esperava de si próprio. Era a vida, era a vida. Haveria sempre outro canto onde buscar alternativa, outra esfera para explorar e conquistar. Com uma autoestima tão calibrada, não haveria moinho que o triturasse... A volta ao Brasil, convenientemente solteiro, deflagrou a nova vida. Resgatou a "alegria, alegria" tupiniquim em cada canto da cidade nordestina que escolheu. Valorizou o samba da esquina, o boteco apinhado, os corpos bronzeados e a lentidão transvestida de tranquilidade, espraiada pelas ruas — como só quem passou muito tempo longe consegue apreciar.

Aí saiu em busca da cereja do bolo: a namorada.

Tantos anos fora do mercado — bem mais do que Joana até —, palmilhou o entorno com lembranças e pressupostos antigos. E ferramentas superadas. Mas teve uma grande vantagem sobre Joana: treinado nas plagas europeias, e com seu feitio suave, entendeu-se muito mais rapidamente com as regras do jogo. E teve bons retornos. Ainda que ali, naquela cidade folclórica, as alternativas passassem bem longe do seu mundinho, e ele teve de fazer consideráveis malabarismos pra troca de charmes funcionar.

Acabou dando certo, mas Ciro queria mais. Queria mostrar de si o que realmente importava e receber algo além de sorrisos de alvos dentes. Boa parte de seu interesse era voltado para o "mundo lá fora", que acompanhava com eficiência via sites internacionais, nas várias línguas que dominava. Tinha posições políticas cautelosas, sempre bem fundamentadas. Olhava tudo com a condescendência de saber que tomar tudo a sério nessas novas plagas era uma bela duma roubada. Se não dava pra interferir e mudar, cumpria entender e reagir pacificamente. E isso era bem ele, Ciro, o pacífico. Que deixava todas as portas abertas.

As amizades femininas proliferaram. A singeleza de costumes dele atraía todas as idades. Porque a senhora de oitenta anos precisava de companhia para assistir a um concerto ao ar livre. Porque a senhora de cinquenta anos precisava de companhia para comparecer a uma festa em que o ex- levaria a nova namorada. Porque a amiga da amiga precisava de companhia para caminhadas nas montanhas... Ao lado das amizades femininas, pitacos de filantropias sociais: visita a velho amigo instalado em casa de repouso, visita a velho amigo inquilino reincidente de clínica de reabilitação, outro velho amigo sobrevivente de AVCs... e por aí foi. O novo mundo novamente povoado e ele, que nunca compreendera direito o que era essa coisa de solidão, continuou alheio a ela. Não tinha tempo...

Mas, então, como se encaixou na vida de cada um, de Joana e de Ciro, essa aproximação, essa nova amizade? E essa possibilidade de algo mais?

Surgiu meio que da inquietação dele em lançar-se. Lançar-se em várias direções, o que-pegar-pegou. Tinha ouvido menções a Joana nas abençoadas redes sociais das quais era entusiasta declarado. Algo que preenchia eventuais vazios sem invadir, sem exigir retornos. Pois a agente de Joana lançara mão do instrumento para alcançar o mais longe possível. E ele pegara a isca. Durante semanas estudou a viabilidade de um contato. Pesquisou no Google informações várias. Ensaiou múltiplas aproximações. E então apareceu a muito oportuna viagem pra cidade dela. Os deuses estavam intercedendo, pensou no seu comedido senso de humor.

Joana pagara integralmente o preço de estar fora do mercado nos primeiros lances amorosos que surgiram no pedaço. Lentamente, bem lentamente, descobriu como decodificar os discursos de variados prospects. Porque eles apareceram aos montes, diversificados nos termos da aproximação, mas assemelhados nos objetivos. Havia duas correntes distintas. Uma ligeira, tipo bate-volta, bem ao gosto da juventude de então; outra mais "madura", buscando um relacionamento acomodado, de cama e mesa, com alguém que tivesse cama e mesa para disponibilizar. Ou seja, só amarrar o boi onde houvesse pasto verde. Foi assim que "poeticamente" Joana caracterizava o segundo discurso.

Se num primeiro momento isso aborreceu, logo mais se aprumou. Abandonou sonhos, investiu no que aos poucos fora descobrindo: dava para andar desacompanhada, sem abrir mão da alegria. Com os filhos já bem fora do ninho, sacou a vantagem de ocupar mais espaços, todos os espaços. Sem obedecer a agendas alheias, sem levar em consideração vontades que não as suas. Era tão bom!

O vernissage, portanto, promoveu um encontro no meio do caminho. Será?

Ele, Ciro, voltado pra fora, pras florestas, atrás das tanajuras que saem do formigueiro perto dos períodos de chuva, atraindo pardais, andorinhas e sabiás. Sempre vidrado nos penhascos escarpados e desafiando o equilíbrio precário com mochila pesada nas costas. Sempre buscando a amplidão das trilhas semivirgens, como a exorcizar os infinitos anos de enjaulamento em rotinas domésticas implacáveis. Joana teria lugar privilegiado (ele achava) nesse seu novo voejar sem rumo, sem limites, sem fronteiras, em que configuraria cada dia ao sabor do vento.

Ela, Joana, cada vez mais dona de seus espaços, autorizada e autorizando-se a caminhar no inverso, para dentro, resgatando, valorizando, priorizando cada microdescoberta, cada micro-insight, que haveriam de explodir em múltiplos insights, tantos que nunca daria conta.

Descompasso. Os caminhos tangenciavam, mas não convergiam. Foram infinitas as narrativas de lado a lado. Narrativas que deram frutos. Joana, trancada mais e mais no estúdio, deslanchou uma aquarela tão inspirada que lhe valeu prêmio nacional importante. Ciro se engajou na natureza e à la Krajcberg saiu fotografando queimadas, caçadas proibidas, animais em extinção. E daí pra criar uma ONG atraindo voluntários para ações desapegadas foi um passo: práticas voltadas para defender fauna a começar do içá; flora sendo acarinhada em regiões virgens da presença branca.

Dizer que não criaram vínculos é engano. Criaram, sim. Daqueles vínculos que permitem longos e-mails, súbitas conversas pelo WhatsApp, até uma viagem para uma praia capixaba, a meio caminho. O que floresceu entre os dois não foi o que ambos tinham imaginado, sonhadores que eram, cada um com sua fantasia. Descompasso. Foi uma amizade consistente e sutil. O melhor vínculo possível, provável, admissível e razoável nas circunstâncias de cada um.

RAÍZES

A Terra Prometida e a busca da liberdade.
Primeiro o cenário e os personagens responsáveis pelo evento:

Tia Elsa, esposa do tio Maurício, recorria à longa lista de tarefas, meticulosamente organizadas por segmento — compras, aluguéis, contratações —, subdiscriminadas em alimentos e implementos decorativos; cadeiras, mesas, toalhas, talheres; cozinheira especializada, garçons, amiga da Maria pra dar uma mãozinha extra, a gente nunca sabe.

A lista era superútil: sem ela muita coisa implodiria na última hora, deixando Maurício possesso, muito mais nervoso do que ela. Ele, que era um lord. A família — quarenta e oito pessoas ao todo — vinha basicamente "do lado dele", porque as irmãs de Elsa tinham os próprios e amplos clãs, e não compareceriam. Maurício era o único homem entre quatro irmãs, todas devidamente reverentes à sua soberania nos ditames da grande família. Além do mais, seria impossível acomodar tanta gente na casa de qualquer uma delas. Fora o trampo.

A coisa toda se iniciava uma semana antes do evento, o seder de Pessach. A véspera do Pessach. A festa judaica mais importante do primeiro semestre, que recordava a fuga dos judeus escravizados do Egito, em direção à Terra Prometida. A busca da liberdade.

Tudo isso ficava longe da sala iluminada, bem provida de mesas circulares, cobertas de alvas toalhas, branquíssimos guardanapos, pratos e talheres impecáveis dispostos com apuro e um delicado vasinho de flores naturais no centro. O piano tinha sido arrastado para o canto — o piano que tia Elsa gostava de dedilhar nos finais de tarde, incentivando os filhos a fazer o mesmo. Alguns sofás e poltronas haviam sido transportados pra varanda, de frente para a fonte perpétua, bem rodeada de vegetação. Todos os sinais de status estariam presentes naquele encontro, naquela sala, nos corredores cheios de quadros originais, nos quartos do andar de cima em que a meninada, com o aval dos adultos, iria procurar a matzá escondida e depois se dedicar à melhor parte da noite: brincadeiras de "gato mia".

A Terra Prometida e a busca da liberdade eram o pano de fundo, ou melhor, os alicerces não declarados do encontro.

A celebração da festa de Pessach era uma herança. Maurício herdara da matriarca Rita a reunião familiar que ela organizara sempre sozinha. A começar pelos galináceos que sacrificava com as próprias mãos, torcendo o pescoço, sob o olhar aterrorizado dos netos. Era pena voando pela área de serviço afora de seu microapartamento no térreo de um edifício de três andares. Pois Rita não media esforços para produzir com sua máquina de moer carne (devidamente lavada, saneada, esterilizada e benzida para a ocasião) quantidades significativas de gefilte fish, misturando polpa de tainha com traíra ou carpa. Faria também sozinha os knaidlach, o chrem, a torta de batata, e as sobremesas açucaradas. Cinco filhos, onze netos, mais dois ou três agregados, abarrotariam com energia e voracidade a minissala de frente pra rua, onde, sabe-se lá como, uma mesa em zigue-zague e coberta de toalhas brancas trazidas das casas das filhas acomodaria a tropa toda.

O relógio de parede com seu pêndulo infatigável soaria a noite inteira sob a algazarra dos reencontros e da garotada que não tinha muito onde se enfiar. A celebração e consequente conformação eram notórias: evocava Moisés, egípcios, Mar Vermelho se abrindo em acidente natural para o êxodo de um povo, sublime milagre. As quatro perguntas lidas pelo mais jovem neto alfabetizado. Algumas canções. As enormes tramelas fumegantes no centro da mesa. Mais canções. Emburrada num canto, uma neta adolescente e obstinada contestando a veracidade factual de um mar se abrindo. Dois netos pequenos cochilando no sofá. Um bebê chorando de fome.

Durante décadas, impávida, Rita comandou a celebração, imprimindo nela suas idiossincrasias (crescentes ano a ano) e seu ritmo bizarro. Nem a intervenção cada vez mais dilatada das filhas tinha logrado alterar a operacionalização, a começar com o ritual da morte dos frangos. À medida que as filhas avançavam no auxílio, diante do evidente declínio da agilidade e competência da progenitora, mais ela se fechava e batia o pé, teimosa, irritadiça, considerando a festa uma responsabilidade intransferível. Cabia-lhe abrigar o acervo de uma história ancestral abalada com a transferência para um país com outros costumes, outra língua, outras aflições. Competia-lhe resguardar todo um universo que pouco saberia verbalizar. Algum dia os descendentes haveriam de fundar na nova terra uma versão reformulada da sabedoria que guiara a tribo. Enquanto isso... Foi assim, até que o primeiro AVC remanejou os papéis e ela foi instalada na casa do filho.

A Terra Prometida e a busca da liberdade sempre esvoaçando na coxia dos arranjos. Na casa da tia Elsa, o refrão estava presente na Hagadá, que algum dos adultos masculinos — de preferência o mais idoso — iria utilizar para conduzir a cerimônia. Parte em hebraico, parte em português, dependendo do regente, os passos seriam ditados num ou noutro idioma. Se em português, a fala seria balbuciada e atropelada no forte sotaque — ninguém entenderia bulhufas, nem que quisesse. Se em hebraico, seria uma leitura lenta, e ninguém entenderia do mesmo jeito.

Os adultos acompanhariam em respeitoso silêncio. As crianças, após quinze minutos de obsequiosa tranquilidade, iniciariam pequenas transgressões, devidamente controladas pelos pais, que apressariam o momento das cantorias. Então elas poderiam se agitar, se levantar, e até soltar agudos mais divertidos sem ofender a seriedade da avó.

No mandato de tia Elsa, a coisa rolava mais solta, devidamente preservada a santidade da ocasião, pois o propósito da noite era "dialogar com a tradição". Assim, cada mesa — eram umas sete ou oito — teria pequenos exemplares dos alimentos rituais: matzá, erva amarga, uma pasta misturando passas, canela, nozes e outras "cositas", salsão, ovo cozido e um copinho com água salgada. O simbolismo de cada um seria devidamente destrinchado no decorrer da cerimônia.

A repetição anual tinha seu lado monótono: os encontros foram se tornando mais formais com o passar do tempo. À medida que a família se expandia em várias direções, as comunicações telefônicas e pessoais rarearam. E ao longo do ano, entre uma festa e outra, mundos novos foram se alastrando ao redor das várias tribos, em combinação com a disparidade de status entre elas. Como em toda família, havia os mais bem-sucedidos, os menos bem-sucedidos e os candidatos a fracassados. E os fracassados. Essas todas instâncias tinham acabado por esgarçar as relações.

Mas os encontros anuais também tinham seu lado, digamos, criativo. Eram pitacos de modernidade trazidos pelos moços, alguns dos quais frequentavam grupos juvenis com visões das raízes bem adaptadas ao contexto. Esses viravam sábios. Um deles, um futuro intelectual aos olhos da família, proclamou ser definitivamente inexplicável, RIDÍCULO (com maiúsculas mesmo), a Hagadá toda atropelada por aquele tiozinho que ele mal conhecia. O hebraico era um idioma inteligente e belo para ser expresso com elegância. No ano seguinte, ele, o intelectual, haveria de se preparar e encaminhar os trabalhos. Já o primo um pouco mais novo apontou seu desagrado com as músicas super mal entoadas. No ano seguinte ele se encarregaria dos arranjos musicais com sua guitarra elétrica. A neta mais velha, ligada em artes, se comprometeu a incrementar o evento, compilando fotos e pinturas da festa em pequenas aldeias europeias no passado. Traria um vídeo no ano seguinte. Avanços da modernidade. Já os cinco ou seis mais novos, aos cochichos, propuseram variações e alternativas para o "gato mia".

Assim, ano após ano, com ligeiras adaptações, tia Elsa e tio Maurício ciceroneavam Pessach e Rosh Hashaná, as duas mais importantes noites festivas judaicas, espaços ancestrais sobreviventes no avançar dos tempos. Livre de pogroms e perseguições naquele país abençoado, a família avançaria em inúmeras direções, e abandonaria, pouco a pouco, as pesadas lembranças que davam suporte aos vínculos.

Mirna Pinsky

As festas sobreviveram à mudança de endereço do casal, agora alojados num apartamento mais adequado, após o casamento dos filhos. A azáfama dos preparativos continuou a mesma: o número de pessoas se ampliou, com a agregação dos sogros de filhos e sobrinhos que não tinham onde pousar. Um ou outro sênior se apresentava como bom leitor da Hagadá, alternando-se na condução da noite. Os sobrinhos, agora crescidos, alguns já pais de família, comportavam-se a contento. As inúmeras mesas circulares foram substituídas por uma imensa mesa em "L", atravessando a sala de visitas, de jantar e a da TV. Um que outro conviva podia exagerar na bebida e falar mais alto, causar pequenos desconfortos. Mas nada que tirasse a festa dos trilhos.

Maju, a cozinheira de forno e fogão com mais de trinta anos de casa, aposentou-se, sendo substituída pela sobrinha, a jovem e sacudida Manu. Igualmente habilidosíssima em forno e fogão, Manu trazia a vantagem de ter uma pá de amigas disponíveis e ser incrivelmente hábil com crianças. Que agora, sendo filhos dos filhos, tateavam com timidez os espaços desconhecidos. A ajudante dos tempos de Maju foi substituída por três colegas de Manu. Uma delas, especialista em bolos, começava os trabalhos dois dias antes. Nada de farinha de trigo, aveia, massas. A criatividade e habilidade de Manu foram postas a serviço de um menu requintado como a família e a ocasião mereciam, sem desrespeitar as regras da festividade.

O mesmo apuro persistiu na escolha de toalhas, louças e talheres, na iluminação da sala, na suave melodia que haveria de pairar ao fundo, a noite toda. Nos anos que se seguiram à mudança de endereço, e também quando tio Maurício se foi, vítima de um infarto fulminante, a família continuou se reunindo sob a batuta de tia Elsa, como uma espécie de herança. A família acabou constatando, cada um a seu modo ao longo dos anos, que tia Elsa tinha a característica da suavidade, de aceitar tarefas, de se empenhar em se exceder na execução de todas elas, sempre sem cobranças, queixas, irritações. Tinha sido o pilar e a sustentação do marido, por que não assumir o mesmo compromisso com a família dele?

Vários anos se passaram. Tia Elsa mudou novamente de endereço. Agora as instalações não comportavam tanta gente. E, com o tempo, as turbulências das famílias dos filhos, a saúde limitante dela levaram as cunhadas, um pouco mais jovens, a reconhecer que lhes caberia assumir os trabalhos. A família então se dividiu: à tia Elsa coube só a própria tribo. Duas cunhadas desistiram de manter a tradição. As outras duas combinaram de se revezar, cada vez uma pilotando a reunião na própria casa.

Nova fase, novos desafios. As tênues ligações com as raízes encolhendo as cerimônias. Agora sem cantorias, sem a cena do mais novo formulando as quatro indagações sobre o porquê "desta noite ser diferente das outras noites" e sem a busca pelo matzá escondido. Mesmo porque, os apartamentos sendo tão menores, não tinham muito onde esconder, nem havia crianças em idade para achar graça nisso.

Há muito, Rita, a matriarca, se fora. Os netos, todos já casados, tinham vagas lembranças dela. E, dos Pessach na casa dela, lembrança alguma. As filhas juntaram à herança da festa um tanto de aflição. Será que o gefilte fish iria agradar? Iriam conseguir aquele gosto meio adocicado que saía das mãos da mãe? E o chrem de beterraba, não estaria picante demais? Será que os varenikes iriam abrir quando postos a cozinhar, estornando o recheio? E os kneidlach, assariam no ponto certo? Ah, como era difícil uma torta gostosa com aquela farinha que não era farinha porque farinha tipo trigo, centeio e aveia precisa ser fermentada e os pobres judeus que fugiram do Egito e atravessaram o Mar Morto e caminharam quarenta anos no deserto não tinham tido tempo de esperar fermentar o pão. Então, durante uns quinze dias, não custava recordar aquele sofrimento todo em nome de conservar as tradições. Ainda que sofrimentos muito mais intensos, segundo a acepção da totalidade dos descendentes, tenham sido infligidos aos descendentes, nos vários milênios após o evento de Moisés.

O encadeamento de ideias transitando pela sala em luvas de pelica desconvidava os mais jovens (agora bem poucos) a se engajar no que quer que fossem "vínculos com a tradição".

Nesse sentido, pairava como que uma trégua na sala. Nenhuma elucubração mais densa sobre por que todo ano tinham de repetir isso. A reverência ao judaísmo transitava nas travessas fumegantes de um cardápio genuíno. Mas havia aflição. Era a aflição das então encarregadas (as duas irmãs) que extravasara dos preparativos. Viriam todos? Estaria sendo providenciado alimento suficiente? A mesa de armar aguentaria quatro comensais? E cinco, se o primo de Campinas resolvesse aparecer? A verdade é que, a cada ano, o microtormento ia se vestindo de inseguranças diferentes, se intensificando. A idade deixara tudo mais penoso. A ajuda doméstica tornara-se claudicante, com a fiel escudeira achacada pela coluna, baixa audição, maus humores... Por que mesmo Moisés não incluíra nos dez mandamentos uma trégua, um indulto temporário dessa incumbência anual? Desgracioso pensamento que só servia para acionar um vago sentimento de culpa. Inútil.

Não, Moisés não se lembrara disso e, durante uma década, contando com às vezes mais, às vezes menos convivas (alguns tinham ido estudar no exterior, outros mudaram de cidade, alguns nasceram, outros se foram), os seder compareceram nas mesmas formas e circunstâncias. Até que uma irmã se foi e a outra repassou o encargo. Desta vez não para a filha, totalmente incompetente para a missão, mas para a nora, nestas alturas consagrada anfitriã.

Só que...

Só que a nora não trazia a carga de judaísmo entranhada e renovada nas veias pela recorrência dos encontros anuais — o que acontecia mesmo em membros renitentes da família. A nora era uma legítima não judia, educada em igreja com padre e missa aos domingos, crucifixo pendente no pescoço, mãe crente. No final da adolescência jogara tudo isso pro alto, descartando o engajamento. Só que coisas como essas não somem assim. No fundo, do fundo, do fundo, o mundo começa nos primeiros balbucios. As rotas podem até ser alteradas, mas o que veio do início fica lá nas profundezas. Aflorando de forma bissexta. Desconexa. Nos interstícios.

Foi com imensa boa vontade que a nora assumiu a tarefa de reproduzir o Pessach e sem pestanejar contratou um belo de um afamado bufê. Que poderia ter sido um serviço especializado em comidas judaicas. Mas não era.

Os descendentes dos descendentes de dona Rita compareceram nesse primeiro e nos jantares seguintes com suas mais diversas circunstâncias, revertidas em variadas acepções intelectuais e vínculos com o judaísmo. A vida se abrira para tantas direções... quais permanências haveriam de se manter? Na verdade, a noite, na casa ampla e iluminada, começava como "todas as outras noites" e nada prenunciava uma recuperação ou renovação das décadas de cerimônias passadas. Sequer uma revelação. Seria um jantar especial, embora não especialmente "judaico".

Entre os presentes havia de tudo. Um solteirão tornara-se cineasta especializado em categorias brasileiras sacrificadas (índios, quilombolas, desabonados em geral) e encolhia os ombros para reminiscências ancestrais, costumes reconstruídos e visitados. Outro conviva descobrira que deus não existia, portanto a noite não tinha maior significado. A livre-docente aposentada ali na mesa rodeada de gente mais jovem acompanhava com respeito nitidamente forçado e displicência o entrevero do velho tio com a leitura de três linhas da Hagadá. Os celulares e os tablets a todo vapor no regaço de alguns, ou na mesa ao lado de outros.

As tradições. Os vínculos com as tradições. Mais de cinco mil anos de permanência se esvairiam nessas tantas brechas? Como se comportariam?

O bufê não especializado não recorrera a consultas, nem a anfitriã se informara a contento. Um arroz com linguiça e paio quase aterrizara na mesa, não fosse o chilique da sogra chegar antes. A torta de frutas frescas feita com farinha de trigo meio que passou despercebida.

Tudo prenunciava tempos bicudos. Final de era. Dissolução. Cada família tem seu percurso, seu caminho, seu ritmo. Aos olhos treinados haveria discrepâncias. Mas o que fazer?

Então, para espanto, as contramarchas. Um sobrinho, um dos trinta e oito bisnetos da matriarca, construíra um atalho naquela coisarada toda de tradição, e não é que refizera, à sua maneira, os vínculos com a sinagoga? Quer dizer, atravessando os tempos e os descompromissos familiares com a tradição, dera de ler e compreender o que permitira ao judaísmo sobreviver aos tempos, às perseguições, às transformações etc. etc. etc. E não é que conseguira incorporar no seu cotidiano de empresário, empreendedor e atleta amador os ditames que foi pescando aqui e ali nos sábios da

Bíblia e em outros tantos sábios de origem judaica? E se não passou a usar kipá foi por pura preguiça, porque certamente herdou e colocou em seu cotidiano os poucos e importantes valores que orientaram o honesto viver em sociedade.

A matriarca, lá nas alturas, certamente estaria sorrindo. A família, a seu modo, estava preservando o judaísmo.

VAGA ALFORRIA

Omama. Era como a chamavam. Oma é alemão, quer dizer vó. Omama = vovó. Sentada no sofá de três lugares da sala, bem no cantinho, comendo escondido as balas que trouxera na bolsa, era como o mais das vezes lembravam dela. Que o filho cientista não visse a transgressão, a qual punha em super-risco a saúde da senhora de mais de sessenta anos, diabética há tempos.

Era na sexta-feira à tardinha que ela chegava, carregando uma sacola com um daqueles doces vienenses cuja receita viera na bagagem de sua longa experiência como dona de um Café da cidade. O predileto era um tipo cupcake, com cobertura de chocolate, recheio de creme chantilly, às vezes uma lasca de cereja em cima. Talvez não houvesse a lasca de cereja. Traições da memória. A neta mais velha, que esquecera todo o alemão aprendido aos seis anos, ainda lembrava direitinho, tantos e tantos anos depois, do nome desse doce de incrível visual: Indianer Krapfen. Algo totalmente desconhecido nesse país de estranha língua, cheio de cobras nas ruas, em que Omama fora parar, empurrada de supetão pelo destino.

O confeito era trabalho de uma manhã toda. Esfalfava-se na cozinha, enquanto dona Augusta, a vasta e emburrada acompanhante e cozinheira, seguia-a com seus pitacos de crítica em alemão, nhec nhec nhec, mostrando tudo que ela fazia de errado ou incompleto ou diferente da vez anterior. Depois, a nora casada com o filho mais velho, ou a nora da ocasião do filho do meio (uma das cinco esposas temporárias desse filho que gostava de se casar), estaria ao lado dela, anotando minuciosamente cada passo culinário em fichas pautadas, para poder reproduzir depois. Não era má vontade da sogra em passar receita: era a pedagogia algo imprecisa, no português enrolado, misturado com o improviso de quem só sabia improvisar. Um pouco disso, um pouco daquilo... temperatura e tempo de forno? Um tantinho... um tantinho... Tudo devidamente anotado e detalhadamente descrito ficaria também gravado no caderno de receitas da nora fixa, abarrotado de especiarias austríacas.

Para os olhos encantados dos dois netos nada disso importava, quando ela chegava para os lanches de sexta-feira, atravessando a avenida Rebouças com cuidado, e descendo a ladeira de paralelepípedos pela calçada estreita. Instalava-se no sofá, a sacolinha ao lado. Quando Joana, a neta, voltava das brincadeiras na rua e sentava-se junto dela, vinha pronta a ser transportada para as mais incríveis histórias de reis e rainhas, castelo, florestas mágicas ou aterrorizantes. A sala de visitas virava um cenário fantástico, onde a menina, agora princesa, e o pátio das samambaias, uma mata fechada e lúgubre, receberiam a visita de um príncipe cavalgando um majestoso cavalo branco. (Não se tem memória ou registro do que a neta pensava em fazer com o príncipe.)

Quanto de si a Oma deles transportara na bagagem para essa nova e estranha terra — aquela em que se instalou num sobrado geminado, de uma tranquila rua de Pinheiros? E o que mantivera de seus sessenta anos em Viena, além das esfumaçadas fotografias?

A identidade se esgarçou na mudança. Até mais do que se esgarçara bem antes, em plena juventude, quando Elen (era esse seu nome) deixou de ser a quinta e a mais bela filha de uma família de oito meninas e um menino (o caçula) e se tornou a esposa do jovem e promissor empreendedor. Olhos grandes, imponente cabeleira, um corpo sinuoso — ela já desconfiava, mirando-se na mãe e nas tias, o que lhe caberia na nova etapa. Mas sonhava que com ela seria diferente. Acreditava que iria receber total atenção daquele jovem de olhos ardentes e vasta quimera. Será que ele lhe reservaria a cortesia que sua condição de mais-bela merecia? Ou pelo menos tinha merecido nos raros bailes em que exibira elegância em minuetos? A tal cortesia a que as belas, como ela, faziam jus nos romances que devorava sofregamente? O testemunho da falta de respeito do pai e dos tios para com as companheiras e filhos poderia ter sido um alerta. Mas não foi.

Até o nascimento do primeiro filho — o cientista —, menos de um ano depois das bodas, vivenciara uma autossuficiência e liberdade inéditas. Antes, sua mãe, sob o jugo do marido, era quem designava as rotinas das oito meninas, distribuindo incumbências domésticas — uma chatice diária não franqueada a contestação.

Maximilian tinha altos planos, nos quais a presença marcante da jovem consorte se encaixava com perfeição. Sedutor, planava sempre elegante, carismático, nas rodas vienenses dos emergentes, aqueles que no futuro século XXI se consolidariam no marketing pessoal. Sua bela esposa, ingênua e suave, desfilaria ao seu lado, potencializando as oportunidades. Apesar de tímida e algo introvertida, saberia cumprir seu papel. Estamos falando do início do século XX, bem entendido. E o papel era ser receptiva, vestir-se, pentear-se e maquiar-se com apuro, andar com elegância discreta e altivez, vez por outra trocar palavras com alguma congênere (figurante que fosse acompanhante como ela), sorrindo, com a mão enluvada resguardando a boca.

Só que esses enquadramentos todos soçobraram diante da realidade, quando os filhos começaram a chegar. Mesmo com a ajuda doméstica da época, a circunstância não amenizou as rotinas decorrentes da emergência do marido. O segundo filho nasceu quatro anos depois do casamento. Passado algum tempo, veio a filha. Entre os três, alguns que não vingaram.

A vida social de Elen se restringia a duas amigas. Uma ex-vizinha e uma ex-colega de classe. Com a ex-vizinha, encontrava-se nas compras. Com a ex-colega, encontrava-se furtivamente. A companhia desta não era bem-vista na família, pois ela, por convicção, não se casara. Exercia profissão e vida alternativas. Maximilian jamais veria com bons olhos essa aproximação. Com a ex-vizinha partilhava praticidades: como cuidar das fraldas, quando tirar a alimentação do peito, quando lavar as cortinas da sala. Com a ex-colega, que conseguira entrar na universidade para vasculhar (vejam só), o Cérebro, a Mente, a conexão era de outra ordem. Ainda que Elen não captasse muito bem o que a ex-colega desenvolvia em seus estudos profundos, pressentia ser ela a única pessoa no universo capaz de compartilhar e entender as profundas dúvidas que assolavam sua pessoa. E que ela própria só vagamente alcançava. Aquele turbilhão sem rédeas que a deixava profundamente infeliz no meio de uma manhã de sol de um inverno inclemente, para liberá-la lentamente ao longo do dia.

Ruth, a ex-colega, era pesquisadora na Universidade de Viena. Os encontros em surdina se davam em cafés mais afastados ou em bancos de jardins. Foram os encontros em cafés que abriram uma viela na rotina ajustada de Elen. Mas primeiro vamos ao que cochichavam.

Eram as queixas dela, Elen. As suaves, imprecisas e culpadas lamúrias de não conseguir ser, de perda de identidade, de não entender bem onde começava ela, depois de amparadas as mil necessidades dos filhos. Dar forma e consequência a essa lamentação era tarefa hercúlea. O que sentia era uma infelicidade indefinida, sem motivo aparente, impossível de desconstruir e enfrentar — ainda que "desconstruir" fosse termo inexistente no vocabulário emocional dela (e de qualquer um pré-Freud).

Ruth tinha alargado seus horizontes, não só por conta da profissão que escolhera, mas justamente pelas razões pelas quais escolhera buscar fora de casa e da família o equilíbrio da vida. A homeostase da vida. Que talvez não descrevesse com esse palavreado. Ruth almejou desde adolescente ocupar todo seu espaço, bem na contramão do que a família prescrevera. Inspirada por uma tia solteirona afundada na infelicidade, leu pelo avesso a mensagem e resolveu determinar sua própria rota. Sozinha.

Elen possuía poucos refúgios. O mais acessível e acessado eram os romances. Goethe, Hesse, Kafka, e também autoras de outras línguas em traduções precárias, como Jane Austen, Emily Brontë, Louisa May Alcott e até Virginia Woolf. Era acompanhando ou vivendo vidas de outras, que compunha não só um relax, um alívio, um momento de introspecção e solitude, mas sobretudo avançava na compreensão do que pretendia e do que lhe faltava; daquilo que gostaria que fosse, mas não era; do que queria alcançar, mas não podia. Poemas de Rilke adornavam sua estante. E acompanhavam de longe seu outro refúgio: os quitutes. Os doces, as criações culinárias em que despejava pelas mãos as incompletudes do coração, da alma, da mente, em qualquer dos formatos que viesse.

Foi por isso que os encontros em cafés com Ruth — além do suporte para destrinchar como cada filho interferia nas coisas dela, e como poderia/deveria (ou não) interferir nas coisas deles — apontaram um insight: a porta da cozinha lhe facultaria abrir um espaço. Não que as oportunidades sociais decorrentes da profissão de Maximilian fossem aborrecidas. Pelo contrário, eram alegres, cheias de vida, uma curtição. Mas precisava abrir uma pequena viela no dia a dia de obrigações domésticas, uma janelinha só pra ela. Só dela. Com sua escolha, seu território. Assim, ao compartilhar com a amiga essas íntimas reflexões, o local em que mais costumavam se encontrar parecia ter sido indicado pelos deuses.

Os cafés austríacos eram peculiaridades do país. O cliente, sozinho ou acompanhado, podia se instalar diante de uma pequena mesa redonda, retirar da estante lateral um jornal prensado entre duas tábuas, pedir um chá e passar horas concentrado na leitura. Ou na conversa. Sempre haveria uma iguaria especial em cada estabelecimento para acompanhar a bebida e dar estímulo às digressões de cada um. Era famoso e extremamente atraente esse círculo de oportunidades que um café oferecia. Verdade que duas mulheres conversando num café não era tão comum assim no início do século XX, em que estudantes, intelectuais e aposentados masculinos costumavam compor a clientela.

Ruth, com outras duas arrojadas colegas de faculdade, tinha inaugurado, naquela região, a experiência. E Elen acabara se incorporando à inovação.

O estabelecimento, em dias amenos, espalhava as mesinhas na calçada. O lugar era acanhado, debaixo de frondosa árvore, e pouco conhecido. Ruth o escolhera pela discrição e principalmente por causa do célebre médico, embarcado nas coisas da alma, que costumava se refugiar ali no início da tarde, sendo rodeado por jovens alunos mais para o final do dia. Ela o conhecia de fama e leituras e se sentia atraída pelo caminho que ele estava abrindo para a ciência. Conversar com a amiga Elen ali era então duplamente gratificante. Estaria experimentando as novas cruzadas que intuía. E, talvez, algum dia poderia se aproximar da celebridade e se apresentar.

Às vezes Ruth tinha a nítida impressão de que o médico as reconhecia, pois levantava a cabeça de seus escritos quando as duas chegavam e (podia estar enganada) lançava furtivos olhares em direção à amiga, tão bela. Só que. Só que, por razões do destino, a rua em que o Café ficava durante algum tempo se tornou lugar de passagem da carruagem do Imperador, em sua ida e volta diárias ao Palácio. E o agito ao redor afastou o famoso.

(Para concluir este episódio, pois a gente vai perder de vista Ruth logo adiante, cumpre registrar que ela acabou se tornando uma pesquisadora-ponte entre experimentos biológicos do cérebro e piruetas da alma. Com os devidos e lisonjeiros registros nos anais da Universidade de Viena.)

Ao lado do balcão, protegidas por vidro, algumas prateleiras exibiam as diversas ofertas de iguarias. E era sempre para lá, quando o frio do outono empurrava as duas para dentro, que Elen voltava os olhos, encantada com a profusão de cores e variações. Então se punha a contar. Pinceladas. Coisas imprecisas.

Maximilian. Max era uma ventania que atropelava tudo, todos e todas, dava e alterava as ordens, exigia obediência.

Dos filhos, dela. Era assim porque era assim. Mas não era bom. Não era o que ela queria e no fundo da alma (ela acreditava em alma) queria ter o direito de almejar. Ele sumia durante o dia. Às vezes por alguns dias, negócios em outras regiões. Comprava e vendia propriedades. Casas. Apartamentos. Cafés. Os filhos? Obedientes, encantados com a força e intensidade do pai, nivelavam-se com ela. Talvez por isso não merecesse o mesmo respeito. Aliás, era bem pouco o respeito que merecia. Alguma coisa estava fora do lugar. Mas onde estaria a questão, se sempre fora assim? Na casa dos pais funcionara exatamente desse jeito, ainda que o pai fosse muito mais severo e rude. Amparada pela solidariedade de Ruth, Elen divagava. Era com ela que a coisa estava errada, tinha perdido o rumo. Insatisfeita. Tão infeliz.

E tinha a visceral guerra com as irmãs. As duas mais velhas, definitivamente enraivecidas porque Elen, contrariando a ancestral regra, casara-se antes. A tenacidade de Max, a sedução de Max, o encantador de serpentes, vencera a resistência paterna. Inspirada nas mais velhas, a irmã número três apropriara-se dos travesseiros de penas que lhe pertenciam. E a irmã seguinte, quatro anos mais nova, sumira com o lindíssimo broche de turmalina que fora da avó e a mãe lhe prometera. O fato é que em vez de tomar o casamento de Elen com Max como uma alegria, uma bênção, já que a família ficava mais prestigiada na comunidade, aconteceu o oposto. As irmãs invejavam, sem anteparo, a felicidade da outra. Só o irmão, o mais novo de todos, ainda em plena adolescência, formava um time com ela.

Nem a família que constituíra, nem a família de onde saíra ofereciam-lhe paz e tranquilidade. Às vezes — confessava Elen bem em surdina para a amiga solidária — tinha uma vontade inconteste, indomável, de ficar só. Inacreditável, não era? Verbalizava: "Como você, Ruth, deve se ver tantas vezes". E mais: "Sabe, Ruth, como eu nunca pensei querer. Eu não sei se algum dia quis. Sempre tive tanto medo desse estar só, um fantasma assustador me acompanhando desde meus treze, quatorze anos, quando a prima um ano mais velha se casou e comecei a ouvir com frequência diária os sermões de mãe e pai sobre o assunto dirigidos às duas mais velhas. A felicidade tão periclitante na adolescência eu só atingiria com a proteção de um casamento".

Nem sempre, porém, o casamento amenizara a aflição. Encarcerada na turbulência da juventude que aflorava vez por outra, dizia: "Ruth, estou engasgada". Na verdade, pretendia dizer, mas só formulava vagamente e em pensamento: "Ruth, encravada na pessoa que cuida de filhos, marido e casa, tem outra pessoa que eu trouxe das tardes vazias e silenciosas da adolescência em que brotavam tantos sonhos de fazer coisas...". Mas que coisas seriam essas? As coisas que surgem depois dos brinquedos de armas que não têm mais graça, as coisas que vêm depois que bonecas perdem o sentido, um tecer só dela, os imprecisos quereres que nunca ousara buscar. Não dizia porque não sabia. Intuía. E a intuição produzia essa sensação de estar fora do lugar. Indo e voltando, fora do lugar.

Só de poder compartilhar com Ruth a mesinha, o chá, o doce da ocasião, e sentir o ombro generoso que às vezes nem se efetivava num palpite proveitoso, só de poder estar ali algumas horas desligada do doméstico, do familiar, só de ter como ouvinte alguém que ousara tantas ousadias que, a ela, ela própria não se permitia, não é que a aflição abrandava? Não é que até a respiração voltava ao normal? E pois que então, com frequência cada vez maior nessas recorrências, sentia-se atraída pela estante envidraçada das guloseimas e, sem qualquer explicação plausível, via-se pensando em produzir, com sua já reconhecida habilidade, quem sabe, iguarias inspiradas naquelas. Por que não? Seria uma coisa só sua...

Pois então ocorria, por vezes, ao voltar desses encontros, que Elen fosse para a cozinha e se pusesse a criar. Criar bolos. Criar pequenos doces de vitrine, recheados com marzipã, chocolate amargo, creme de leite, tudo enfeitado, brotando de forminhas lisas, concavadas, circulares ou quadradas. E, também, bolos em camadas, com recheio de geleia de morango e creme chantilly, tortas de massa folhada... E os pensamentos acalmavam à medida que a iguaria ia tomando forma. Assim como se tivesse reconquistado um espaço que, ironicamente, nunca tivera.

O acaso é uma constante da vida. Foi o que Elen constatou, meio que num palpite. Era primavera. Iam se distanciando os dias curtos e gelados. Às seis horas da manhã, o sol penetrava pelas frestas das janelas, iluminando a casa. Era um alívio. Para Elen era um verdadeiro alívio se ver livre dos dias cinzentos com manhãs escuras e noites que iniciavam no meio da tarde. Com os filhos na escola, esticava com mais frequência as idas ao Café, muitas vezes aguardando, com um livro aberto na frente, a chegada de Ruth. A tranquilidade que alcançava permitia tomar conhecimento de tudo que ia se passando ao redor. Inclusive avisos que em geral não parava para ler.

Pois o aviso bem ao lado da mesinha que escolhera chamou sua atenção. Estavam precisando, ali mesmo, de novos fornecedores. Gente que tivesse ideias originais, próprias, para compor a vitrine envidraçada no meio do balcão. E não é que Elen estacou ali e leu uma porção de vezes? Como se não atinasse. Como se não entendesse. Ou melhor, como buscando juntar o anúncio com alguma coisa perdida dentro do seu cérebro. Uma informação? Não seria um desejo? Ousadia não era verbete de seu dicionário. Releu, ruminou por infinitos instantes até que a filha do dono inquiriu se faltava alguma coisa. Aprumou-se e recuou até a mesinha.

Sim, faltava: a estranha e impalpável presença de uma permissão. De qualquer coisa dentro dela que autorizasse a juntar a vontade de sair do restrito recinto doméstico com a alegria indiscutível de criar, com as próprias mãos, lindos e nunca vistos confeitos. Aflorava um espectro de liberdade jamais ousada. Reflexões confusas borbulhavam nela. Ao entrar no Café, Ruth se viu mergulhada numa enxurrada de ideias e impressões e projetos e impedimentos, tudo misturado, numa ordem que destilava chorume e não fazia muito sentido. Desejo oculto misturado com medo e dor é uma fórmula bombástica.

Competente cientista, Ruth metabolizou o turbilhão, significou devidamente cada aflição e meio que revolucionou o que parecia banal, um cenário de cartas marcadas. Nem é preciso dizer o quanto Ruth era avançada para a época. Apesar de a Áustria, no início do século XX, ser um país de ponta em inúmeros quesitos — costumes entre eles —, cada coisa tinha seu lugar. E o lugar da mulher, como já vimos, era sob a tutela do marido ou pai, bem agasalhada no casulo doméstico. Ruth, exceção, dominava perfeitamente conceitos como "dedicação exclusiva" e "espaço pessoal" (ainda que, talvez, sem essa nomenclatura) e explicou para a amiga que, diante do negro cenário, o começo do começo do começo deveria ser repensar suas premissas, ou seja, rever os valores trazidos de casa. O que (dadas as circunstâncias e as limitações pessoais) deve ter sido um bocado difícil para Elen captar. Mas a alma, aquela instância que tinha entrado em parafuso, deu um passo adiante, permitindo que Elen pelo menos respirasse. Pelo menos trocasse aflições por esperança. Expectativas. Agora havia pinceladas de um cenário inteligível. E com uma discreta porta despontando no horizonte. Autonomia. Quem sabe agora...

O mergulho naquele desconhecido oceano interior deu um bocado de trabalho, mobilizou esforços de vários naipes. Olhar o ambiente doméstico. Perscrutar as diretrizes tão determinadas do marido. Enxergar a disparidade entre a obediência tão cega dos filhos para com ele e tão frouxa para com ela. E, com a profusão de informações que ia colhendo, ir detectando o lugar que ocupava. Ficava a meio caminho entre os filhos/serviçais e o marido. Repassadeira e cobradora das determinações dele. Articuladora. Novamente: cadê a autonomia?

Eis que a autoimagem foi surgindo com alguma nitidez. Jamais tivera a ousadia de indagar: quem sou eu? O que sou? O que faço? O que posso fazer além do que faço? E a audácia ainda maior de questionar: estou feliz com o que sou e faço? Na sequência, buscar alternativas à pergunta suprema: o que posso fazer além do que faço em direção a ser feliz? Mais uma vez: autonomia.

A verdade é que "ser feliz" era conceito vago e disperso em seu vocabulário. Essa amiga Ruth é que tinha inventado e lhe apresentado ao longo das tantas tardes no Café. Se fosse perguntar às irmãs, não tinha dúvida de que seria recebida com espanto — "o que é isso?" — e deboche. Alvo de risadas: que ridícula, diriam. E as mais velhas se esconderiam atrás de falsos sorrisos.

Distanciava-se de pais, irmãs, marido. Distanciava-se dela própria. Imensa sensação de solitude. Diferente, claro, do sentimento de solidão que a devastava nos dias curtos de inverno. Agora havia uma certa paz, como se uma suave melodia interior acompanhasse os pensamentos. Alguma coisa que estivera embutida e chaveada desde a primeira infância.

Tivera uma infância favorecida pela profusão de irmãs. Sexta da fila, abaixo dela vinham duas e mais um irmão. Pudera inventar itinerários nas vizinhanças da casa e brincadeiras com uma liberdade expressiva. Bonecas, bebês e berços não vingavam naquela turminha. Dedicavam-se a dramatizações de histórias inventadas e jogos. Eram sempre atividades diferentes, nascidas na alegria de fugir do olhar materno e do severo jugo paterno. Na rua, por onde trafegavam esparsas carroças, nos extensos terrenos cheios de árvores entremeando as casas, galhos viravam anjinhos e fadas, pedras se tornavam castelos encantados, folhagens forravam o chão dos salões iluminados por lamparinas de faz de conta. Elen, habilidosa, confeccionava bolas de pano; transformava em piões pequenas pedras e cipós em cordas de pular. Aos dez anos, no entanto, teve essa liberdade suspensa. Com o casamento da irmã mais velha foi convocada para as lides domésticas.

Tão distante aquela memória alegre... E, no entanto, aflorando vez por outra, quase como um lembrete alvissareiro, boia de apoio diante de um cenário tenebroso. Eram tão breves e fugazes os espaços imunes às normas despóticas da casa.

Talvez fosse essa felicidade esquecida no passado que tentava recuperar. Tinham se passado muitos anos. A família nuclear se esgarçara em mortes e desentendimentos. Os casamentos das irmãs não naufragaram porque naquele tempo isso não existia, mas construíram dinâmicas tão diferentes das dela que foi inevitável o afastamento. Restava a própria tribo.

Assim, dedicou-se a reconfigurar tudo em casa. Resumiu as tarefas corriqueiras, atochando-as em horários determinados. Ajustou os cuidados com a prole, impedindo que a invadissem — afinal a adolescência de todos já ficara para trás. O marido deu bem pouco trabalho, pois agora raramente estava em casa. Com ele foi então uma disputa mais silenciosa, sem verbalizações; afrouxou-se o controle autoritário masculino de praxe, mas sem ratificação.

Uma vida à parte foi se desenhando. Ao acerto com o Café como fornecedora, seguiram-se outros dois pontos: uma escola de elite que abrira uma espécie de lanchonete e outro café também no centro. De sua parte, Elen ampliou suas criações a partir de sugestões de amigas. Muitas oriundas de famílias de outras bandas, como Polônia e Rússia, conheciam bolos, tortas e docinhos diferentes que Elen reconfigurou para o gosto vienense. Ficou famosa e ganhou um concurso, e sua receita inovadora da sacher torte tornou-se quase uma marca registrada da cidade. Elen-Sacher Torte.

Seria mesmo de estranhar a passividade de Max perante os avanços da esposa não fosse isso se passar, vejam quando, no ano de 1929, em que a debacle da economia mundial desencadeada pelos Estados Unidos atingiu em cheio a Áustria. Na época, a atividade econômica de Max era compra e venda de imóveis. Tivera alguns contratempos em anos anteriores e seus recursos haviam encolhido. A falta de sorte ou talvez ausência de um faro mais amplo, somados a uma autoestima descomedida, desembocaram na aplicação de todo seu capital numa mansão em área nobre. Com a avalanche que tomou conta da Europa, Max pensou que, vendendo a mansão, teria recursos para novos planejamentos, mais ágeis do que os aplicados na corretagem.

Simplesmente inesquecível o regozijo dele naquele final de tarde, quando reuniu os três filhos já devidamente formados — o químico, o engenheiro, a artista plástica — e a companheira para informar o sucesso na venda do imóvel. Celebraram com champanhe e os aperitivos providenciados pela esposa, que agora também avançara na direção dos salgadinhos.

E no dia seguinte...

No malfadado dia seguinte, tudo se esfumaçou, implodiu, explodiu, desmoronou, quando o xelim, pluft, desvalorizou-se inteiramente. A montanha de notas que Max espalhara sobre a mesa de jantar na véspera para partilhar o deslumbramento com a família — claro, apenas parte do que colocara na conta bancária — mal daria para pagar o pão e o leite do mês.

Este triste desenrolar da história acabou por delegar à atividade de Elen, até então apenas tolerada, algum respeito. Os filhos já tinham empregos, mas, em início de carreira, ainda não haviam fincado pé. Balançavam ao sabor das ventanias que assolavam a Áustria desde a Primeira Guerra.

Ajustes nas condições da família tiveram de ser feitos em seguida ao debacle. Uma das três auxiliares domésticas foi dispensada. Um quadro de arte (um estudo de Klimt para o famoso quadro de Adele) foi para o prego e no mês seguinte outro: um esboço de Schiele para o também famoso A velha cidade, de 1917. E, nesse contexto, Elen conquistou espaço. O que contribuía para a receita doméstica foi se tornando cada vez mais indispensável. Principalmente quando a segunda das três auxiliares teve de ser dispensada.

Os anos seguintes encontraram Elen inteiramente dedicada a ampliar seus conhecimentos culinários voltados para os famosos doces vienenses. Todos os quitutes, aperitivos, bolos, tortas que pudessem ser produzidos numa cozinha entre artesanal e industrial-incipiente (nos termos dos anos 1930), com a tecnologia mais aprimorada de fogões, panelas, facas, primitivas batedeiras de fácil manuseio, firmaram-se na Anagasse, 28, onde moravam.

Com a azáfama do dia a dia e mais a mudança de status na família, somadas a uma longa estadia de Ruth na Rússia para aprimorar pesquisas, as divagações existenciais ficaram suspensas. Passou-se um bom tempo. O suficiente para as aflições se embaralharem com os ventos nazistas que sorrateiramente tomavam conta do país. O companheiro Max, obviamente, mantinha a postura altaneira. Autoconfiante obstinado, otimista inflexível, jurava que seus relacionamentos sociais não permitiriam sua família judia ser engolfada. Ingenuidade a toda prova. Os expurgos de judeus de universidades e outras esferas se intensificavam dia a dia, mas Max, ah, Max, considerava-se tão amigo de tantos poderosos que se acreditava abrigado em qualquer circunstância.

A parte da família de Ruth que vivia na Alemanha foi das primeiras a ser empilhada num vagão, uma estrela amarela na lapela. Ruth voltou célere para resgatar os pais de Viena, quando soube que tinham perdido a residência e sido alocados num quarto, em casa de desconhecidos. Mas era tarde para deixar a cidade.

Elen perdeu o paradeiro dela. Houve, é certo, a carta enviada ainda da Rússia, em que contava os avanços de sua equipe multiétnica. Pesquisas no hipocampo, no lobo temporal médio, construção da memória... palavreado e conceitos que se embaralhavam na mente de Elen em frente ao fogão. Elen caramelizando o açúcar para enfeitar e enriquecer o sabor das frutinhas vermelhas e negras que haveriam de acompanhar uma de suas especialidades: a torta de frutas frescas. Porque agora tinha esquecido os livros, com suas promessas de aventuras e vivências emprestadas, personagens ricos de alma que preenchiam os vazios. Haviam ficado para trás, substituídos pelas conquistas na realidade, muito mais estimulantes, principalmente na construção da autoestima.

[Décadas, décadas e décadas depois, quando a neta vasculhou os guardados que Elen deixara para o filho cientista, os caminhos da mente ali davam seus primeiros passos; acompanhavam os avanços da psiquê que aquele famoso cientista do Café, que deslumbrara sempre Ruth, tinha trazido a lume. Até onde Ruth teria chegado? E o filho cientista de Elen, cujos ensaios a neta localizara no depósito da Universidade de Viena, teria tido tempo de aproveitar aquelas descobertas? Será que trocara figurinhas com Ruth?]

Com Elen pilotando fogão e despesas da casa, o tempo nazista navegou lenta mas progressivamente pela cidade, pelo país, ao redor da família. O filho engenheiro falhou em conseguir entrada nos Estados Unidos, mas conseguiu uma brecha num pouco concorrido país da América do Sul. Para Elen, a perspectiva de abandonar o que tinha conquistado com tanto vigor e empenho, todo o espaço que abrira, tudo que avançara na construção de uma liberdade jamais sonhada, era devastadora. Acrescida do fato de jamais ter ouvido o idioma falado na nova terra. Como sobreviveria ao abandonar tudo? Como sobreviveria sem poder se comunicar? Voltaria para aquela zona de retraimento em que a rotina doméstica ocupava tudo? Dava sentido a tudo?

Com respeito a Max, os filhos tiveram de ir além e apelar para uma farsa a fim de convencê-lo a partir: seria uma estadia de poucos meses em uma terra tropical, onde sua asma persistente haveria de ser abatida definitivamente.

Max e Elen não se sabiam velhos. Mas já eram. Aos cinquenta e poucos anos, a adaptação a um contexto totalmente novo, a uma realidade inteiramente distante teria uma dimensão gigantesca que só os herdeiros das pesquisas de Ruth, sobre a mente com seus bilhões de neurônios, décadas depois afeririam. A questão é que não havia escolha.

Estamos falando agora de 1938, quando o casal e os três filhos abandonaram Viena ao apagar das luzes da razão. Era março. Os pertences que couberam em malas navegaram mês e meio até o porto de Santos.

A São Paulo em que se instalaram lembrava a Viena do século XIX. A cidade tosca tinha muita luz, calor e um bafio de pobreza disseminada. Ruas de terra e sem calçadas, esparsos postes de luz, casinhas geminadas, raros bairros com saneamento por onde trafegavam as carroças do gelo e do leite abastecendo as casas. Para os vienenses, um cenário desolador.

Elen carregara consigo um livro de culinária e cadernos de anotações. Disciplinada, fora compilando descobertas, criações e cardápios de combinações, à medida que a listagem se expandia. Era seu "diário de bordo", prevenindo falhas da memória: a intuição funcionava em ritmo acelerado, ampliando notavelmente as produções. No alto da estante depositou essas preciosidades sem conseguir antever como aproveitá-las na nova circunstância. Ganhariam um novo fôlego? Sobreviveriam?

Na mesma prateleira, ao lado das receitas, Elen arquivou também os sonhos e as emoções. Rabiscos de poemas (na juventude ela ousara versos esparsamente), cartas inconclusas e não enviadas para Ruth, um diário bissexto. Um infarto fulminante levara o marido, nem bem completados seis meses na nova terra. A filha, exuberante em final de adolescência, voou alto e longe. O filho engenheiro abriu empresa, uma, duas, três. O cientista se casou com a linda vizinha e produziu uma neta e um neto. Com um círculo de amigas minguado pela idade, diferenças culturais, retraimento pessoal, dificuldades com a nova língua, nas décadas seguintes a vida de Elen estancou.

Que se saiba, no sobradinho com porão em que a família se acomodara, uma tristeza muda se instalou. Desalento. Vazio. Onde teria se atrelado e atrofiado a persona que Elen construíra? Os espaços conquistados como doceira vienense? Os voos femininos de autonomia vanguardista?

Perguntas que se fez a neta numa visita puramente circunstancial. Foi assim. Há anos não passava por ali. Nem lembrava bem o setor e a quadra em que ficava. Com as vagas indicações do celular zanzou pelas alamedas sombreadas. Até que deu com a lápide, sobressaindo pela cor da pedra. Imaculada, como se lavada e esfregada de véspera, espelhando o dia de sol. Ali estava a pedra marrom-clara toda biselada, com a escultura de uma graciosa flor dourada, na ponta. Mais o nome e sobrenome dela, antes da data e lugar de nascimento e morte. Em seguida os dizeres: Jamais te esqueceremos.

Quadra 49, sepultura 94, setor D.

Diante do epitáfio-promessa ignorado durante dezenas de anos houve por bem a neta compensar. Revisitou lembranças. Preencheu, com o sábio e solidário olhar feminino da própria entrada em anos, as imensas lacunas que o tempo aprofundou. Fez malabarismos. Entrevistou via Skype uma prima distante e bem mais velha que vivia nos Estados Unidos. Olhou com atenção redobrada os papéis herdados. E, por fim, visitou Viena. Os cafés e O Café que pelas indicações teria sido o tal lugar dos encontros com Ruth. A Universidade em que Ruth dera aulas e onde descobriu, num nicho-museu de extenso corredor, duas teses da pesquisadora. A famosa rua, agora alameda sem trânsito, ladeada de mesas, em que teria surgido a famosa sacher torte consagrada pela avó. E, no final, a Anegasse, em busca do número 28 esculpido sobre a porta, que a prima americana indicara como endereço da família. Exatamente esse número não havia. Mas visitou um imóvel próximo, geminado como todos os daquela quadra, onde povoou com a imaginação a rotina de Elen, três filhos, marido.

De posse desse tempo, dessa época, desses caminhos floridos fez o que a família tinha se prometido no epitáfio: assentou história e personagem no papel, espichando talvez o feminismo avant la lettre que dezenas de anos depois haveria de inspirar algumas moças da família. Enfim, se penitenciou. Purgou a culpa. A culpa pelas dezenas de anos em que o túmulo ficara às traças, depois que o pai cientista morreu e a nora permanente perdeu a autonomia de se locomover. Dos dois outros netos, coitada, nunca recebera visita alguma.

Foi um mea-culpa que a avó Elen bem que merecia.

LADEIRA ABAIXO

Dizer que alguma vez me imaginei vestindo a pele carcomida do Hy e verbalizando, no meu contexto, a expressão com que ele displicentemente se referia a ela para expressar que as perspectivas dela tinham saído da linha seria de uma fantasia muito acima das minhas competências. Sou de outra estirpe. Sonho com outras esferas. Minha autoindulgência nunca me afogaria numa depreciação dessas... Eu me enganei.

— Ladeira abaixo — ele dizia. — Ah, querida, você está indo ladeira abaixo.

Hy, pobre inútil, ao proferir esse diagnóstico considerava-se engraçado, charmoso, aos noventa anos — e cinco mais do que Tammy — pleno de juventude, ao contrário da companheira. Era nesse particular que se apoiava sua autoestima, na clara vantagem que levava sobre ela. Era o dono do mundo, gozando de autonomia em sua plenitude, tanto para cruzar a cidade desacompanhado, como para percorrer, em saudáveis caminhadas, os trezentos e cinquenta metros do luxuoso apartamento (dela) em que viviam — namorados que eram há anos. Ela só se movia com andador. O parque era logo ali em frente, mas aquele trajeto em penumbra, entre a sala de jantar estilo Luís XIV e o arejado quarto dela, de tons claros e mais leves, podia igualmente atingir o objetivo de saúde física. Secretamente, isso também servia para vingá-lo da humilhação que ela lhe infligia por sua ignorância cultural atávica e em quase todos os níveis do relacionamento.

Pois um dia, reencontrando você num sonho maluco, ao acordar meu primeiro pensamento foi: ladeira abaixo.

Seguinte raciocínio: quantas e quantas coisas deixamos para trás? Não por superá-las. Não por vê-las "desatualizadas" nas circunstâncias do entorno. Mas pelo esforço que agora nos custavam. A começar dos projetos — ou sonhos, ou desejos, como quiser — que considerávamos tão essenciais e insubstituíveis. O quanto amarelamos em infinitas direções, de quanta coisa abrimos mão com justificativas pífias. Não só nós dois, é claro. Estou falando de todos os que estão avançados na quilometragem, das várias e incontáveis instâncias que nos rodeiam. Aqueles que olhávamos com respeito e uma certa (ainda que suave) inveja, aquela admiração que contempla o outro no "patamar de cima". Todos. Ah, os derradeiros anos são um descarrego da ilusão. Se posso me expressar assim...

(Isso está saindo mais deprê do que eu previa, mas ter sonhado com você depois de tanto tempo acionou uma retrospectiva. Fazer o quê? E junto veio o elenco de coisas que não foi possível levar adiante. As esperanças traídas. Tantas. Melancólico. Ladeira abaixo.)

O pensamento voou desembestado. Meu lance de autodefesa foi buscar um escudo, que me permitisse um olhar enviesado, mais suave. Que me defendesse de meus maus augúrios. Caminhei pelas bordas e voando do além me veio a lembrança do Oton, amigo do meu irmão mais novo. Esperto, gentil, eu diria até carismático. Carismático nas brincadeiras de rua que naquele tempo eram no meio da rua mesmo, encarando barro e, no melhor dos casos, paralelepípedos. Sabia ganhar, sabia perder, sabia lidar com os meninos mais agressivos, que se arrebentavam nos jogos de futebol (ele que era um jogador pra lá de medíocre. Sabendo também lidar conosco, as meninas de doze, treze anos que já tínhamos assumido uma linguagem verbal, corporal e existencial aquém da jurisdição dos garotos. Oton tinha as manhas, no linguajar de época, as manhas pra passar de ano sem muito esforço. Tinha as manhas pra ganhar todos os objetos de desejo da turma (aquela bicicleta incrementada, aqueles patins incríveis, aquele carrinho de rolimã de madeira e aço). E se apossava de tudo com tanto jeito que ninguém queria esganá-lo de inveja. Só queríamos ser gostados por ele. De alguma forma, Oton era alçado àquela esfera em que não há adversários e inimigos, só colegas e companheiros.

Pois veja só o que aconteceu com ele. Quem diria...

Aliás, acho que você nunca cruzou com o Oton. E mesmo meu irmão, será que você se lembra dele? Talvez sim, vagamente, pois voltando da faculdade às vezes você me acompanhava até o portão de casa e meu irmão, na rua, apostava corrida de patinete com a turma. Estaria exibindo a maestria, e fingia que não nos via. A gente achava cômico.

Um longo desfile de pessoas e épocas transita nestes dias frios em que vivo a distância e você me chega por puro acaso. Diga-me se não foi acaso eu estar limpando a memória do computador e tropeçar numa mensagem de meses atrás em que você me contava uma futura viagem à Itália. Mensagem que esqueci de responder. À noite, continuei lendo um romance muito bem escrito, memorialístico, de um narrador aos oitenta e oito anos transitando por vários tempos. Dormi com a luz acesa e não é que sonho com você, me visitando na editora em que eu trabalhava — você lindo, tão jovem —, e algo me leva para fora da redação? Poucos minutos depois, de volta, a redação foi invadida pelas águas, você não está mais à vista, te busco desesperada, o sonho vira pesadelo.

Pulando fora dessa esfera, tentando destrinchar como os neurônios e sinapses com explicações freudianas trouxeram você de volta desse jeito, com o amargo veredito "ladeira abaixo", dou uma virada de cento e oitenta graus e resolvo fazer do limão uma limonada. Resolvo ressignificar gentes e episódios pra embasar um novo olhar.

Então assim, de repente, aqui diante do notebook, me ponho a providenciar um pacto. Um pacto comigo e aquela que fui, ou melhor, as tantas aquelas que fui, na longa estrada que me trouxe até aqui e derrapou no sonho desta noite.

Seguinte: vamos combinar que a nossa trajetória — a minha, a sua, a de qualquer um — não é uma cinzenta estrada reta e sem fim, mas trechinhos de caminhos que se somam, se entrelaçam às vezes, cada um se completando em si mesmo. A única convergência indubitavelmente presente sempre é que todos buscam um equilíbrio de felicidade, nas infinitas versões possíveis. Por vezes até contraditórias em cada fase da vida.

Então vamos lá. Eu te encontrei pela primeira vez na acanhada sala do pebolim da despojada faculdade em que ambos entráramos. Pra você, o segundo curso universitário. Lindo, alto, moreno, as feições de um príncipe português com um sorriso inebriante, impossível resistir. Eu tão tímida — minha despretensão feminina chamou sua atenção pela perícia no jogo. Era competente mesmo, sobressaindo entre minhas poucas rivais — todas, entretanto, mais glamorosas. Nos termos d'antanho, bem entendido. Nos tempos que se seguiram, surpresa, engatei naquele namoro tão prestigioso, eu que de prestígio até então só tinha a discutível fama de cê-dê-efe (hoje eu seria uma nerd).

Foi bem mais do que consideração e deferência o que me fez colar em você. Foi ter encontrado, ainda que na montanha-russa da nossa relação, um interlocutor à altura de entender as trocentas questões que me esquentavam a cabeça. E atento e disposto a encarar aquelas dores profundas e profusas de final de adolescência. Alguns anos mais velho e traquejado, com a experiência que uma vida de família meio traumática traz, você parecia se equilibrar tão bem entre as aulas (algumas bem chatas) e um emprego de assistente de assessor de escritório não me lembro mais do quê, sempre de terno e gravata, que eu me dizia: calma lá, menina, esse cara aí é especial, guenta mão. Você tinha tido de ganhar seus tostões desde os doze anos, quando o pai fora arejar a cuca e deixara a mãe debruçada quinze horas por dia na máquina de costura. Essas minudências familiares só fui processar muito mais pra frente, por isso tantos silêncios nos dois anos em que me amarrei em você. Peço perdão. Perdão pela incompetência.

Recuperando agora esses dois anos de proximidade sabe o que vejo? Não vejo sonhos, grandes projetos de vida, um olhar voltado pra frente, lá bem pra frente. Nada disso.

Vejo a urgência do momento, a urgência de que o "hoje", o "agora" tivesse uma configuração agradável, afável, alvissareira, tranquilizadora, energética — com todas as suas graduações. Vejo impulsos desorganizados em várias direções com finalidade única: alcançar uma sensação de estabilidade e equilíbrio. Que na época eu estava longe de nomear desse jeito. O conceito era "ficar legal".

E te desafio a contestar isso que acabei de revelar. Quem de nós, de todos nós daquela geração, pensava em agir no mundo à nossa volta? Quem tinha receita para altos e nobres ideais? Quem tinha algo mais do que um engajamento superficial em movimentos sociais — muito mais "pra constar" como mote de rebeldia do que no duro, apto a entender realmente as mudanças necessárias? Quem? Eu certamente não. E a palavra era mesmo esta: rebeldia. Rebeldia contra o "mundo deles", o mundo que haveríamos de herdar. Um mundo todo errado, desajustado, injusto, e outros tantos qualificativos que elencávamos nessa direção. Aliás, como todo jovem em qualquer geração: esse grande insight só nos chega muito adiante...

Com essa atitude nos entendíamos muito bem, nos apaziguávamos... justificávamos nosso "estar neste planeta". Sim, grandioso assim: estar neste planeta. Um pouco mais tarde é que os engajamentos começaram para alguns de nós. Não sei bem como foi com você. Comigo foi algo meio esparso, superficial, eu diria, uma aproximação com amigos militantes, sem arregaçar as mangas ou me arriscar na multidão. Como a participação no que chamamos de Sermão do Viaduto e seus espichamentos. Coisa de jovem rebelde que queria se impor contra a conjuntura, contra os adultos e não sei mais o quê, reafirmando nossa contundente verdade, plena de palavras e adjetivos e generosidade. Lembra? Nessa você ainda estava dentro, com tua poesia forte e inflamada desafiando a ingratidão do mundo, algo bem vago e grandioso. Você conservou os versos daqueles tempos? Você escrevia tão bem. Tão ardente. Poemas que declamava a quatro vozes — você, Joca, Adalberto e o Dario. O jogral de vocês ficou bem badalado nas hostes estudantis. Apresentava-se nas tardes mornas, nas noites estreladas, em viadutos que naqueles tempos não conheciam ainda acampamentos de sem-teto. Clamavam contra o mundo, as imprecisões da existência, misturando nisso cruzadas sociais ingênuas, ah, tão ingênuas... Que lindos que nós éramos...

(Quase me perdi. Queria contestar a tal ladeira abaixo, que me veio quando a somatória de pitacos me trouxe você de volta num sonho esdrúxulo — meu brioche proustiano — e me extraviei na selva da memória de rédea solta.)

Pronto, descartei a ideia de que o sonho fosse premonição. Não, não estaríamos hoje na mesma condição que Hy e Tammy quando a expressão Ladeira Abaixo me marcou. Independentemente de quem você é hoje, porque não sei mesmo, você me vem trazendo a carga dos anos, "coleguinha de turma" que foi e será para todo o sempre. Não vem sozinho. Carrega junto aquela tropa de pessoas que fui deixando ao longo da estrada, mas de quem, como de Oton, Adalberto e tantos variados outros, recuperei só fragmentos. E é com o Oton e o Adalberto que a minha cambalhota se insinua.

O Oton, depois de uma carreira brilhante como advogado, meteu-se a defender político ladrão e teve de fugir do país. O Adalberto ficou famoso como crítico de arte durante anos, mas naufragou numa pilha de casamentos (ele era charmoso à beça). Já alguns que não prometiam muito surpreendentemente acabaram se equilibrando. A grande maioria está hoje mais ou menos na moita, mais ou menos num descampado, vivendo a vida dos filhos, escudados nas eventuais vitórias do passado. Fui sabendo disso por tabela, quando, por exemplo, um site me trouxe o Joca com foto de antes e depois e um melancólico relato do que conquistou e perdeu. Teu amigo Joca tinha sido celebridade durante décadas, lembra? Relatos chegam por acaso. Outro dia cruzei num Face da vida com um vizinho de infância que me contou quem da nossa turma de rua deu piruetas e caiu de pé e quem já foi pra outra esfera.

Então, diante deste cenário um tanto quanto desolador, e antes de decidir se vou procurar teu telefone e (juntar coragem pra) te alcançar lá numa remota seara da Paraíba onde há tempos foi se acoitar, tive esse luminoso insight. Desses que surgem uma ou duas vezes na vida e rearranjam as verdades e prioridades.

Ladeira Abaixo, já mencionei, ficou pregado nas recorrentes cenas daquele idoso casal, às quais assisti com olhos cheios de esperança e restos de juventude. A minha memória gravou Hy e Tammy se digladiando diariamente porque ambos, que se despediam dos dias gloriosos, não estavam a fim de aceitar as pequenas glórias daquele momento. Sim, porque é justamente aí que estanquei. As pequenas glórias de cada momento. Elas existem.

Existem, sim. Não apenas "preenchendo vazios" como pencas de gentes nesse momento de vida fazem. Gentes ricas, gentes menos ricas, gentes que viveram do intelecto, celebridades da TV e do jet set, gentes que ousaram em consultórios, empresas, consultorias e até chão de fábrica e que tais... Em vez de preencher vazios, reinventar-se. Catar a longa experiência em longos e diversificados caminhos, considerar os atropelamentos, os arrependimentos, os tantos humildes triunfos que cada um poderá encontrar se vasculhar bem as lembranças, e reconsiderar a autoavaliação. Descobrir que não somos só o que acertamos na mosca, mas, principalmente, todas as buscas que empreendemos pra chegar na "boa mosca". Santa sabedoria da maturidade...

Aí a gente refaz o diagnóstico: não fica escarafunchando os sonhos que deram certo e depois pluft, chegaram ao fim. Ou os sonhos que não deram certo e te deixaram na fossa. Não fica se pendurando nas abas do passado, daquilo que já viveu, das escolhas certas ou erradas que fez. Pra que isso? De que adianta, nesse atual momento em que já se constatou o incrível acúmulo de quilometragem palmilhada e sabe que ali na frente, logo, logo, um belo de um silêncio te aguarda?

Simples assim. Vou trazer para o hoje — faça o mesmo — só as vitórias que tive. Vou alegrar minha manhã, meu dia. Nadinha de comparar com as reduzidas façanhas atualmente ao meu alcance. Vou pensar em você como uma das boas vitórias que tive lá atrás. E pronto. Um quadro lindo e inspirador pendurado na sala. E vou fazer minha agenda de hoje do tamanho da minha possibilidade, do meu apetite. Acreditando no meu taco e aceitando minhas limitações. Assim mesmo, bem objetiva e bem feliz. O chão é diferente, mas tem muito chão ainda.

Já que Skype e WhatsApp não estão no teu radar — acho uma pena — vou achar teu telefone e te acessar logo mais aí na Paraíba. Olha só o que vou te dizer: reparou que a nossa parceria nunca acabou, apesar da longa distância no tempo e espaço, nas escolhas pessoais de vida, nos caminhos trilhados etc. etc. etc.? Que glória isso, não é? Soubemos preservar o vínculo construído no carinho e amizade, respeitando as diferenças que se ampliaram ao longo do tempo. Essa e outras lembranças e descobertas alvissareiras preencherão meus dias.

E te contarei, em telefonema posterior, como enterrei de vez Hy e Tammy.

FONTE Cabrito & Argent CF
PAPEL Pólen Natural 80g
IMPRESSÃO Meta